扬州市诗词协会 编

绿杨城郭是扬州

——纪念红桥修禊 吟咏今日扬州

陕西新华出版
太白文艺出版社·西安

图书在版编目（ＣＩＰ）数据

绿杨城郭是扬州：纪念红桥修禊 吟咏今日扬州 /
扬州市诗词协会编 . -- 西安：太白文艺出版社，2025.
1. -- ISBN 978-7-5513-2802-9

Ⅰ . I227

中国国家版本馆 CIP 数据核字第 2024D89M59 号

绿杨城郭是扬州：纪念红桥修禊 吟咏今日扬州
LÜYANG CHENGGUO SHI YANGZHOU: JINIAN HONGQIAO XIUXI YINYONG
JINRI YANGZHOU

编　　者　扬州市诗词协会
责任编辑　蒋成龙
封面设计　李　李
版式设计　杨　桃
出版发行　太白文艺出版社
经　　销　新华书店
印　　刷　四川科德彩色数码科技有限公司
开　　本　880mm×1230mm 1/32
字　　数　203 千字
印　　张　9
版　　次　2025 年 1 月第 1 版
印　　次　2025 年 1 月第 1 次印刷
书　　号　ISBN 978-7-5513-2802-9
定　　价　86.00 元

编委会

主　任：王　群

副主任：庄晓明　刘勇刚　徐　乐　焦长春　盛树东

成　员：吴幼萍　崔成鹏　顾凌凌　肖　瑛　章再书

　　　　赵家驹

顾　问：吴献中

主　编：王　群

副主编：徐　乐　盛树东

编　辑：（以姓氏笔画为序）

　　　　吴幼萍　郭建宇　崔成鹏　章再书

赓续文脉三百年　比肩兰亭又一峰（代序）

罗加岭

"修禊"是我国的古老习俗，源于周代。农历三月"上巳节"这一天，人们相约到水边沐浴、洗濯，借以除灾祛邪，时称"祓禊"。后来，把文人在这个时节饮酒赋诗集会称为修禊。绍兴兰亭修禊与扬州红桥修禊，一南一北，遥相呼应，如双峰耸峙。

东晋永和九年（353）三月三日，魏晋显赫家族应东道主王羲之邀请，齐集会稽山阴兰亭，在观山赏水之际，主宾以曲水流觞，饮酒赋诗，风雅无限。王羲之酒醉之时执毫管，乘兴作《兰亭集序》，文采斐然，其书法遒劲坚朗、情韵生动，被后世誉为"天下第一行书"。

康熙年间，扬州推官王渔洋在瘦西湖红桥边主持了两次"红桥修禊"，不仅开启了诗酒酬唱的风雅盛事，其甲辰诗《冶春绝句》更在扬州引发了一种"冶春唱和"的文化胜景，孕育了人人竞说"扬州冶春"的文化名片。

王渔洋（1634—1711），名士禛，原名士禛，山东新城人。自顺治十七年（1660）起，至康熙四年（1665），前后五年任扬州推官。他在扬州期间，"四年只饮邗江水，数卷图书万首诗"，"昼了公事，夜接词人"，"与诸名士游无虚日"，"如白、苏之官杭，风流欲绝"，是一位主持风雅的人物。他死后，扬州人民把他和宋代欧阳修、苏轼并列，建"三贤祠"以资纪念。他在扬州先后组织过两次大型诗酒盛会，开了扬州"红桥修禊"

的先河。

康熙元年（1662）春，他与杜濬、邱象随、袁于令、蒋阶、朱克生、张养重、刘梁嵩、陈允衡、陈维崧第一次修禊于红桥，众人击钵赋诗，游宴不息。此次修禊，王渔洋作《浣溪沙》三首和《红桥游记》。其中有广为流传的名句："北郭清溪一带流，红桥风物眼中秋，绿杨城郭是扬州。"众人争相和韵赋诗，为一时之佳话。后来他和程村从这些词中选出十首辑为《倚声初集》，有注云："红桥词即席赓唱，兴到成篇，各采其一，以志一时盛事。当使红桥与兰亭并传耳。"这些词尤其是王渔洋的词，如"绿杨城郭是扬州"等名句，确实得到了广泛的流传。

康熙三年（1664）春，王渔洋与林茂之、孙枝蔚、张纲孙等名士于红桥再次修禊，当时他一口气作《冶春绝句》二十四首（王渔洋刻《阮亭甲辰诗》一卷，收入全部二十四首绝句。《扬州文库》第83册收录据康熙刻本《新城王氏杂文诗词十一种》影印的《冶春绝句》，亦收录全部二十四首。因《渔洋诗集》仅载二十首，后《平山揽胜志》《扬州览胜录》俱录二十首，后世不察，遂将《冶春绝句》误为二十首，甚至十二首），众人纷纷唱和。其中脍炙人口的一首是："红桥飞跨水当中，一字阑干九曲红。日午画船桥下过，衣香人影太匆匆。"事后，人们评论这一扬州文坛盛事时，击节赞赏，称羡不已，称雅集"香清茶熟，绢素横飞"，"采明珠，耀桂旗，丽矣"。也有人说："五日东风十日雨，江楼齐唱冶春词。"近代词人朱孝臧题词说："销魂极，绝代阮亭诗。见说绿杨城郭畔，游人争唱冶春词，把笔尽凄迷。"可见影响不一般。直到今天，王渔洋留下的"绿杨城郭""冶春"这两个佳词，扬州人无不耳熟能详。王渔洋以其大雅之才，不仅给扬州留下了千古佳句，而且为清代扬州开创了地方官员与文人诗酒宴集的文化形式，使清代"红桥修禊"与东晋"兰亭修禊"相媲美。康熙五年（1666）三月，王渔洋虽已不在扬州，但其兄王士禄复游扬州，与故人冒襄、孙默、王岩、雷士俊、杜濬、孙枝蔚、程邃、陈世祥、宗元鼎、陈维崧、邓汉仪、王又旦、汪懋麟、吴嘉纪、汪楫、孙金砺等四十余人，数游宴于平山堂、红桥，刻《红桥唱和集》三卷。

康熙二十七年（1688）三月三日，吴绮、冒襄、邓汉仪作为东道主共同发起，孔尚任应邀前往。这在孔尚任《红桥修禊序》一文中有明确的交代，"予时赴诸君之召，往来逐队"，"大会群贤，追踪遗事，其吟诗见志也，亦莫不有畅遂自得之意"。这次诗会与王渔洋的红桥修禊作为红桥盛事都记在阮元的《广陵诗事》中。但有趣的是，阮元的《广陵诗事》却将宾主颠倒，认为红桥修禊为孔尚任所发起："红桥为诗人聚集之地，王阮亭、宋荔裳皆尝觞咏于此。后孔东塘在广陵时，上巳日，召同吴园茨、邓孝威、费此度、李艾山、黄仙裳、宗定九、宗子发、查二瞻、蒋前民、闵宾连、王武征、乔东湖、朱其恭、朱西柯、王孚嘉、王楚士、王允文、闵义行等，共二十四人，红桥修禊，赋诗纪事。"宾主倒置，后来学者大都沿用阮元的观点。

乾隆元年（1736），盐商黄履昂百般筹集，将红桥的木板桥改建为石拱桥。乾隆十五年（1750）以后，巡盐御史于桥上建过桥亭。此桥形似一弯彩虹卧于水波之上，故而也有称"红桥"为"虹桥"。《扬州画舫录》卷一载："北郊酒肆，自醉白园始，康熙间如野园、冶春社、七贤居、且停车之类，皆在虹桥。"《虹桥录上》卷十说："康熙间，虹桥茶肆名冶春社。孔东塘（尚任）为之题榜。"因此冶春一开始就是茶酒肆，这是当今冶春茶社的源头。

乾隆三年（1738），扬州诗人厉鹗和闵华、江昱、陈章等七人，又续修禊故事，被时人称为"红桥秋禊"。杭州诗人汪沆来到扬州看望老师厉鹗时，听说红桥秋禊文人唱和的盛况，与闵华、王藻、齐召南三位诗友一道泛舟保障湖，诗词相和，写了四首诗，其中第二首云："垂杨不断接残芜，雁齿红桥俨画图。也是销金一锅子，故应唤作瘦西湖。"从此，唱响了"瘦西湖"这个秀美的名片。

后来，两淮盐运使卢见曾效仿王渔洋，曾发起三次红桥盛会，分别举行于乾隆二十年（1755）、乾隆二十二年（1757）与乾隆二十八年（1763）。乾隆二十年（1755）三月三日，卢见曾在扬州举行红桥修禊。四月，召集名士二十余人，集红桥观赏芍药，其中有金农、郑板桥、黄慎等人。《随园诗话》记载："卢招人观虹桥芍药，诸名士集二十余人。"在三次红桥修禊中，以乾隆二十二年（1757）的修禊规模最大，汪士慎、李鱓、郑燮、陈撰、金农、厉鹗、罗聘、金兆燕等均参加。卢见曾自作七律四首，内有"十里画图新阆苑，二分明月旧扬州"等佳句。卢见曾广为征和，一时间竟有七千人唱和，编成三百余卷，并绘有《虹桥览胜图》。这成为中国诗歌史与中国烹饪史联手的盛事，也是迄今为止扬州文化史上人数最多、规模最大的群众性诗咏活动，在世界文学史上也是罕见的。乾隆二十八年（1763）清明，卢见曾召集郑板桥及诸名士泛舟红桥，席间袁枚与郑板桥相晤。

嘉庆六年（1801）三月三日，两淮盐运使曾燠与乐钧、徐鸣珂等人在红桥修禊。

道光十四年（1834）和十五年（1835）的上巳节，常镇通海道李彦章两度在扬州小红桥修禊，后出版《小红桥唱和集》。

王渔洋的"红桥修禊"和"冶春唱和"，为扬州文化的繁荣做出了贡献，其后，卢见曾、曾燠等的"红桥修禊"，李彦章的"小红桥唱和"，臧谷的"冶春后社"，及至1963年扬州市政协成立的冶春新社，都是受王渔洋的余波影响。

21世纪初，在断绝了一百七十多年后，红桥修禊再度兴起。2011年12月3日午，"风雅无际歌诗传薪——国际诗人2011蜀冈—瘦西湖雅集"活动在西园曲水举行，再现了红桥修禊的佳话。2013年4月12日，十二位诗人齐聚扬州瘦西湖，参加首届国际诗人瘦西湖红桥修禊活动。2014年4月2日，"2014国际诗人瘦西湖红桥修禊活动"在瘦西湖"虹衢春风"景区开幕。

2023年4月22日（农历三月初三，上巳节），扬州市诗词协会发起并承办、有关方面鼎力支持的"纪念红桥修禊开启361周年，2023扬州红桥雅集"在扬州冶春园举行，这是扬州赓续弘扬传统诗词文化的又一标志性事件。

扬州红桥修禊、冶春唱和，诗风流韵三百余载，与兰亭修禊比肩，以"红桥""冶春"二词独步海内，其名不改，是历史文化名城扬州的一份珍贵文化遗产，也是扬州文旅资源弥足珍贵的一块金字招牌，成为人文经济学在扬州的实践样本。

（作者系扬州市文史馆征研部主任）

目 录 Contents

嘉宾诗词

纪念红桥修禊

诗部

词部

散曲

辞赋

吟咏今日扬州

古城、名胜

文化、生态

企业、乡村

同词牌吟咏

浣溪沙

一剪梅

纪念红桥修禊活动纪实

附录

嘉宾诗词

◎ 周文彰（中华诗词学会会长）（北京）[1]

扬州红桥雅集赞

护城河漾小红桥，似见当年修禊潮。

诗乃维扬基底色，冶春园景又添娇。

瘦西湖

湖中西子喜相迎，月榭池台诉故情。

白塔晴云花斗艳，长堤春柳鸟争鸣。

五亭高耸千桥逊，一树低横百趣生。

不厌金山门矮小，流连有意觅初程。

一剪梅·扬州个园

万竹修长筑翠林，个叶舒扬，园景幽深。朝阳斜射缀荫浓，
蝶舞莺飞，妙境谁寻？

叠石假山四季吟，春夏秋冬，转眼亲临。荷池清澈映天庭，
古曲柔绵，客动云心。

---

① 江苏省内的作者标注具体市名，江苏省外的作者标注省名或直辖市名。

◎ **蒋定之**（江苏省诗词协会会长）（南京）

一剪梅·扬州旅寓

千里春风千里柔，烟水溶溶，云去霞收。兰皋芳草正清明，近处离离，远处幽幽。

燕子低回燕子楼，暖了人间，翠了村头。西湖虽瘦画船多，若问相宜，三月扬州。

◎ **范诗银**（中华诗词学会原常务副会长，《中华诗词》原社长）（北京）

扬州慢·姜步白石韵（三章）

诗意扬城

料峭京华，烟花三月，清风助我诗程。负云随鹤去，醉水碧山青。步诸子、红桥踏月，翠湖邀桨，古渡谈兵。弄银弦，短笛长箫，吹彻新城。

九州富甲，越千年、重现堪惊。便十日痕消，尘弹香袖，好叙幽情。晓韵所依何谱，桃枝乱、帘卷春声。看连天帆举，倾江正是潮生。

瘦西湖上

柳试鹅黄，琼张朵小，兰桃争报春程。赏红桥嵌绿，过妩屿藏青。度牙板、波分楚带，扇摇吴水，越将淮兵。惜东坡、颔抵平山，茶冷扬城。

二分明月，照无眠、往事当惊。掬波上流光，轻烟如幻，谁个痴情。梦里湖光诗眼，皆应寄、一桨云声。看天边风起，悠然歌自心生。

怀古瓜洲

云泊金陵，浪掀京口，东瀛万里帆程。叹高僧远去，剩风淡天青。昔年里、倾腔血热，慈航普渡，未了魔兵。泪应枯、十日三屠，何况西城。

荷花桂子，梦吴山、夜半魂惊。望北固楼头，稼轩意气，故国悲情。九议美芹谁会，潮头立、采石无声。惜丹心空裂，薄缘几负书生。

◎ 林　峰（中华诗词学会常务副会长）（北京）

扬州红桥修禊依文彰先生韵

梦里寻来是此桥，溪山又涨广陵潮。
斜阳半在红栏外，来看清风拂柳腰。

◎ 罗　辉（中华诗词学会驻会顾问）（湖北）

集句步韵周文彰会长《扬州红桥雅集赞》

水边垂柳赤栏桥，疾势来如江上潮。
洗濯烦襟酬节物，数声啼鸟弄春娇。

注：该诗一至四句作者分别为唐代顾况，宋代曾几，宋代范成大，明代黄公辅。

◎ 高　昌（中华诗词学会副会长，《中华诗词》主编）（北京）

《扬州红桥雅集赞》谨依弘陶先生元韵

心心于此接红桥，步步春风起韵潮。
曾是樊川唱明月，维扬今日更多娇。

注：弘陶先生为周文彰。

◎ 刘庆霖（中华诗词学会副会长，《中华诗词》社长）（北京）

题扬州红桥

天下扬州千载名，烟花三月最心倾。
一桥色彩如红豆，多少相思拼得成？

二过扬州

扬州自古动中枢，重教兴商开画图。
肯用长河肥世界，独藏一个瘦西湖。

◎ 沈华维（中华诗词学会副会长）（北京）

扬州印象

久慕广陵美，来寻廿四桥。
云深当探史，水阔好撑篙。

巧手描春意，雄心赶海潮。
古风皆唤醒，气象更堪骄。

扬州老街

醉赏瓜洲月，闲登来鹤台。
个园无俗物，八怪有仙才。
水瘦随风起，花繁带露开。
人文形胜地，朝气自东来。

瘦西湖

幽香自天外，花逐杜鹃飞。
翠竹摇清影，时人着靓衣。
波平流响瘦，蝉奏绿阴肥。
何处觅仙境，湖山不忍归。

扬州夜泊

水榭灯如昼，隋堤人影稠。
繁华浑是梦，独客易伤秋。
烟雨三春柳，枫桥一叶舟。
弄箫花月夜，萦绕古城头。

瓜洲古渡远眺

碧水金山绕，乌篷船已歇。
横江彩带桥，隔岸霓虹烁。
何事悲旅心，旷如久离别。
烟波暮潮归，遍洒夕阳血。

◎ **孔祥庚**（中华诗词学会副会长）（北京）

步韵周文彰会长扬州红桥作

当年俊雅禊红桥，新涌烟花三月潮。
一脉风流河两岸，绵绵神韵化春娇。

◎ **武砺旺**（中华诗词学会副会长，《中华辞赋》主编）（北京）

想红桥应如是

隋宫早已上云烟，自古扬州河汉边。
廿四箫声冷如旧，红桥今日丽新天。

◎ **包　岩**（中华诗词学会副会长）（北京）

扬州红桥题咏

梦里花间过小船，朱栏灯影伴书眠。
摩挲锦枕耽衣袖，祷颂春祺濯禊川。
笔底巍峨多义志，江南惆怅几流年。
千山走罢留不得，月上红桥唤我还。

◎ 张存寿（中华诗词学会副会长）（北京）

鹧鸪天·扬州冶春茶社坐吟红桥

一上楼台耳目高。城河两岸蕾芽娇。清风牵袖观桃色，碧绿杨春折柳腰。

背夕照，向东瞄。眼前美景不堪聊。茶花诗酒都结社，嚷嚷熙熙过小桥。

注：绿杨春，扬州茶。茶花诗酒分别为冶春茶社、花社、诗社、酒社。

鹧鸪天·瘦西湖早春香樟树

淮左名都去处佳。西湖不瘦育奇葩。岸边列伞遮风露，堤上成林作鸟家。

花是叶，叶如花。娇颜只在夏时发。有容不为争春色，腹溢清香气自华。

◎ 周　达（中华诗词学会副会长）（北京）

步弘陶先生《瘦西湖》韵

曾领江淮解送迎，笙箫留住几多情。
千年漕水声如诉，十日孤城死复鸣。
红药古来随客赏，琼花今又为谁生。
可怜天下三分月，已去扬州五百程。

雷塘

古来功业话隋炀，无比风流是此皇。
万里能降青海马，千年更颂状元郎。
悠悠京洛城犹见，静静运河波不扬。
且任骂名传史册，一轮斜日照雷塘。

◎ **宋彩霞**（《中华诗词》原副主编）（北京）

《扬州红桥雅集赞》谨依弘陶先生元韵

时常梦见一红桥，我枕春风月上潮。
原是扬州兴韵事，要将雅集唱春娇。

玉楼春·初访扬州瘦西湖

诗情就在西湖畔。波细风轻流拍岸。小鱼浮浪逐兰舟，游
客人人频顾盼。

浩歌九曲真情唤。叶绿花红长在眼。伊人今日水之湄，正
借此情书烂漫。

◎ **段 维**（湖北省诗词学会会长，华中师范大学教授）（湖北）

纪念扬州红桥修禊有寄

小红桥跨小鸿沟，曲水澄明通境幽。
目下几人仍省识，流觞不废赖清流。

◎ 张四喜（中华诗词学会散曲工委副主任）（山西）

〔双调·折桂令〕赠扬州诗友

时恋她多彩夕霞，水漫清波，月洗铅华。香溢兰亭，美追西子，鼓醉塘蛙。赋秋光红桥典雅，吐痴情风韵绝佳。试抱琵琶，弹奏新篇，赠与方家。

◎ 武立胜（中华诗词学会网络信息部副主任）（北京）

冶春园与扬州诗友品茗

晚来时正好，春岸绿云多。
分饼烟浮阙，悬针香漫桌。
琴弹广陵散，壶沸运河波。
惬意茶同酒，停杯犹醉歌。

游瘦西湖

行遍扬州客路遥，烟华渐染柳枝梢。
初鸣杜宇长春岭，乍泄晴光廿四桥。
驿陌寻芳花解语，云舟近岸月生潮。
湖边勘罢相思意，心瘦难盛水一瓢。

◎ **薛玉忠**（中华诗词学会诗教培训部办公室主任）（北京）

题红桥雅集（二首）

一

不问西湖瘦也无，烟花为伴下江都。
红桥侧畔新修禊，重绘当年那卷图。

二

御马头西溯本真，彩虹重跨运河津。
烟花最美双三日，细品维扬漫冶春。

◎ **胡　彭**（《中华诗词》编辑部副主任）（北京）

浣溪沙·癸卯扬州红桥修禊

三月烟花鹤翼开，多情红药待人来，兰亭旧事又铺排。
嘉会宜时逢上巳，逸才曲水竞流杯。熙春台作舞雩台。

金缕曲·春之扬州

满把胭脂屑，与轻吹、江南江北，桃枝桃叶。十万青钱烟花月，
千古骚人争说。不辞做、竹西迷蝶。此处尧章曾驻马，柳堤风、
犹拂广陵阙。只无觅，小红骨。

凤箫歇过唇余热。恋琼华、粉团玉缀，那时香洁。若见伊
兮春台坐，含笑含颦难切。囫囵著、圆圆缺缺。醉扯游丝羁梦舸，
漾粼粼、水调冰凉澈。转瞬又，花飞雪。

探芳信·清明思回南遥咏隋堤柳

瘦容易。被扰扰黄莺，啼成肥碧。渐早樱飞尽，烟笼玉渊侧。清明时候无情绪，万户入寒食。揽柔条、折向东南，一时无力。

春也自挑剔。叫瓜渡隋堤，挂愁千尺。筇簟凉吹，摇魂魄、乱平仄。袅丝纷氋缠绵起，望里浓香织。有谁知、对此应怀白石。

◎ **江建平**（江苏省诗词协会常务副会长）（南京）

扬州红桥

溪流飘彩练，耀眼国家红。
惬意何其爽，诗情信步中。

◎ **徐崇先**（江苏省诗词协会副会长）（南京）

红桥修禊留韵

一桥红遍瘦西湖，天下文骚二月孤。
古木参差花雨乱，人间美景此间殊。

◎ 子 川（江苏省诗词协会副会长）（南京）

一剪梅·花界玲珑

燕尾披风堤柳柔。诗城秀色，照本全收。饵词钓韵瘦西湖，安定安闲，清雅清幽。

九曲熙春照水楼。花界玲珑，载梦船头。红桥修禊冶春园，无限风光，今日扬州。

◎ 郑 毅（重庆市诗词学会副会长，《重庆诗词》主编）（重庆）

玉楼春·记红桥修禊史事兼题今日扬州

一春又拓从前路。三月红桥诗化雨。润情十万出心歌，似掠潮头潮细语。

忆曾击钵声高古。吟瘦西湖文士苦？清风约我下扬州，留待月明随梦去。

◎ 张金英（海南省诗词学会副会长，《琼苑》执行主编）（海南）

浣溪沙·虹桥步韵王渔洋

风过平湖缓缓流，流波怎奈几春秋。小桥明月说扬州。

一座彩虹风雨后，半城杨柳不言愁。今春又上对诗楼。

◎ **郭星明**（浙江省诗词与楹联学会副会长、之江诗社社长）（浙江）

更漏子·应邀作红桥修禊诗吟有寄

三月三，红桥禊。百鸟争衔祥瑞。西湖瘦，运河忙。嘤鸣吟更长。

烟花旧，才情斗。仿佛少年时候。寻芳草，慕风尘。难忘此冶春。

西江月·冶春园红桥禊事

正是东风时节，相邀莺燕游春。鱼儿噏起唼花唇："我也吐诗一寸。"

癸卯红桥修禊，难忘把话壬寅。瘦西湖上寄吟身，幸有晴光同哂。

◎ **张　雷**（河北省诗词协会副会长）（河北）

扬州红桥修禊

正是人间花放时，垂杨画舸漾清池。
红桥雅客如云集，争作东风第一枝。

忆扬州旧游

向日长亭外，轻舟渡柳烟。
我吟山上月，君采水中莲。
对饮清风舍，共题红叶笺。
旧游铭旧梦，微雨忆江南。

山坡羊·忆扬州

烟花三月，歌扬舞榭，湖如碧玉舟如叶。访诗碣，绿杨遮。
苏杭古有天堂说，若与广陵来争逸绝。苏，稍逊些；杭，稍逊些。

长堤春柳

钟灵毓秀舞清姿，最爱长堤垂柳丝。
傍水娉婷佳水韵，非花婀娜胜花枝。
轻烟作粉晨妆好，明月为郎夜倚痴。
西子湖边仙女树，翩然如梦亦如诗。

◎ 赵　英（新疆生产建设兵团诗词楹联家协会副主席）（新疆）

纪念红桥修禊 361 周年步周文彰先生韵

丝丝嫩柳拂红桥，韵赋春风涨绿潮。
自古樊川多胜景，花溪濯秀燕声娇。

◎ 蒋光年（江苏省楹联研究会副会长，镇江市诗词楹联协会常务副会长）
（镇江）

纪念红桥修禊 361 周年

春来寻梦好行藏，修禊当年名远扬。
自古红桥多胜事，一湖烟水入诗囊。

◎ 马　翠（宁夏回族自治区诗词学会副会长）（宁夏）

浣溪沙·梦回扬州

三月烟花宜胜游，梦魂曾几到扬州。意逢雅集更难休。

应是柳边溪水碧，似闻花外鸟声稠。兰桡动处起轻鸥。

浣溪沙·红桥

屏里红桥过眼惊，虹光流转映霞明。广陵故事几曾经。

多少相思成旧梦，五湖烟月更多情。一湾碧水绕诗城。

◎ 郑多良（河北省廊坊市诗词学会会长）（河北）

红桥新赋

渔洋修禊韵红桥，百载玉虹今更妖。

驻步三城高望眼，冶春香影弄新潮。

◎ 曹茂良（泰州市诗词协会会长）（泰州）

扬州红桥修禊步周文彰会长韵

一湾碧水几多桥，又趁东风倚听潮。

底物牵情来此处，未须随月挟时娇。

一剪梅·情寄扬州

三月春光淑且柔，滴翠凝烟，雨霁风收。桨声湖面弄晴波，山色葱葱，塔影幽幽。

慰藉乡愁频上楼，归雁云外，明月心头。年华似水问平生，徙倚关情，谁替扬州。

◎ **朱思丞**（镇江市诗词楹联协会副会长，《江海诗词》执行主编）（镇江）

赴扬州参加 2023 红桥雅集

绿绕红围诗半城，遐思似水伴云生。

曲中未解人何处，只道灵心正返程。

纪念红桥修禊

诗部

◎ 吴献中（扬州）

步韵敬和周文彰会长《扬州红桥雅集赞》

曲水红栏木拱桥，一吟千和涌诗潮。
冶春本是销魂地，东壁流辉分外娇。

◎ 刘爱红（北京）

题红桥修禊

人间有幸读新词，美景闲情巧入诗。
最是红桥横碧水，一双柳眼送春枝。

◎ 华子奇（扬州）

瘦湖三月（通韵）

瘦湖三月亭牵柳，小调船娘唱橹腔。
杜牧遇箫来问月，红桥修禊水诗长。

◎ **顾晓明**（南通）

扬州新曲（通韵）

公主西行愁远嫁，广陵巨变紫云生。
帝尧故里千帆竞，盛世维扬百业兴。
大运河边多景致，丝绸路上聚宾朋。
欧苏可有新诗意，再唱红桥颂畅风。

◎ **庄晓明**（扬州）

春禊红桥

垂杨曲水泛兰桡，蓝绿浅深现红桥。
不愧渔洋修禊事，诗城涌动冶春潮。

◎ **陈佳宏**（扬州）

红桥新姿催跨越（通韵）

春吟修禊蜀冈欢，纪念诗文震宇寰。
诵咏精髓又雅集，同描愿景跨江天。

◎ 徐　乐（扬州）

步韵周文彰会长《扬州红桥雅集赞》

春风琼影恋红桥，柳色妆成涌碧潮。
逸兴风怀歌胜地，诗城筑梦韵姿娇。

◎ 焦长春（扬州）

红桥修禊 361 周年感赋

谁说春光多半销，犹看红紫上花梢。
客临邗水忙修禊，鹤到芜城觅旧巢。
雨过竹丛添静翠，风翻柳浪在青郊。
红桥那畔稍稍饮，昨梦今愁已尽抛。

◎ 盛树东（扬州）

红桥春禊（五首）

一

柳丝袅袅拂清波，水绘朱栏雅意多。
桥上心驰三百载，犹闻香影一声歌。

二

两堤蝉影曳婆娑，皎镜涵虚映月娥。
莫是吟声水中落，广寒宫里荡春波。

三

门前不敢赋春词，簇簇秾华记故时。
一步吟哦三步韵，清风拂地也成诗。

四

碧空隐隐挂飞虹，岸柳丝成妙墨工。
遥想牧之明月夜，吹箫不必玉桥中。

五

柳莺衔月挂春枝，点黛明眸随影移。
空羡画桡摇夕去，拟将瘦水注天池。

棹歌虹影

西湖瘦枕梦春韶，桃蕊窈红侵画桥。
山吐日轮晖雁齿，楼衔月驾听鸾箫。
两堤柳眼郢客觅，一曲棹歌虹影摇。
谁蘸清溪惊彩翰，聊将别调寄云霄。

◎ **李四新**（南京）

颂红桥修禊

琼芳影剪湖西瘦，芍药诗吟杨柳风。
按曲广陵三月丽，尤歌淮左百年雄。
逾千玉藻修春禊，廿四兰桥托彩虹。
翰墨古今凭自信，长河载运大江东。

◎ **赵家驹**（扬州）

次韵敬和周文彰会长《扬州红桥雅集赞》

绿丛一领曲红桥，衣影河干间涌潮。
诗苑三新重出发，流辉古邑再添娇。

◎ **杜道遥**（扬州）

盛世修禊

维扬三月风光好，绿柳红桥相映娇。
承接当年修禊事，长街十里颂诗潮。

◎ 崔成鹏（扬州）

红桥雅集（通韵）

护城河畔景观升，风雅红桥耀眼明。
骚客唱和修褉现，冶春胜境誉声腾。

◎ 张忆群（扬州）

次韵敬和周文彰会长《扬州红桥雅集赞》

水润烟花九曲桥，十年一梦客如潮。
群贤齐唱诗城赋，炼玉凝章步步娇。

◎ 章再书（扬州）

步韵周文彰会长《扬州红桥雅集赞》

碧水红栏跨拱桥，冶春诗涌广陵潮。
躬逢盛况新修褉，今日扬城韵更娇。

红桥

花枝掩映木葱茏，飞架城壕一抹红。
抚槛遥思修褉事，此身恍若在诗中。

◎ **杨 晟**（扬州）

用周会长韵作冶春园景

烟花水绘惹人娇，柳阁衣香翠蔓摇。
典藏文汇邀诗社，韵绕山房问月箫。
雅士吟和煮酒醉，乡贤修禊冶春潮。
红桥天下万千处，无奈维扬诗作桥。

◎ **周伦章**（扬州）

红桥修禊（五首）

一

圆门欲掩更流芳，上坂幽幽修竹廊。
细水无喧高树静，冶春开启好风光。

二

瘦瘦西湖好写思，寻芳正值盛春时。
烟花撩得人心荡，不识东风第一枝。

三

红桥倜傥发春歌，老曲新声闻者和。
情到深时花正好，七弦调律拨香波。

四

天赋扬州越发娇，老城河上架红桥。
壬寅修禊更重现，雅集连连诗兴饶。

五

红桥灼耀绿杨环，吟客殷盈翠鸟还。
曲水无喧诗韵涌，流觞有意顾朱颜。

注：朱颜，指女诗人，扬州近年大量涌现。

◎ 韩 工（南京）

贺扬州红桥修禊 361 周年

三月维扬诗雅集，红桥锦簇四方宾。
冶春园聚吟琼盛，玄武西湖北固邻。

◎ 王大庆（扬州）

重续红桥修禊有思

三月烟花欲醉人，红桥禊事冶陶春。
行香洗濯堪修洁，朗调吟讴尚暖尘。
续集王卢寻韵格，和声周蒋寄情真。
诗家幸会生淮左，盛世当歌不负身。

◎ **孙 燕**（南京）

纪念红桥修禊开启 361 周年

风流起自落虹畔，傍柳依花濯瘦湖。
集雅续歌今又昨，诗城唱和入新图。

◎ **王兆根**（扬州）

冶春（二首）

一

游春走上小红桥，香影转移怜碧潮。
敢效渔洋修禊事，流觞唱和浪花娇。

二

城河搭建小红桥，一只芳舟自在摇。
载着春姑穿柳浦，百灵鸣树闹云霄。

◎ **汪 雯**（扬州）

冶春园雅集

分花约柳护城河，问字呼朋相切磨。
向日豪吟同日跃，冶春雅聚共春歌。
任从壮志通千里，却是心潮涌绿波。
怀古赋今犹远大，逢贤承圣正清和。

红桥修禊

冶春春月月明楼，绿水水环环访舟。
紫陌寻芳传笑语，红桥修禊数风流。
诗心象外无尘染，世事壶中有唱酬。
泣露砌阴知夜幕，护城河畔说春秋。
渔洋一派情怀远，学士同源才德优。
雅集性灵惊四海，名贤光彩照扬州。
柳条仿佛风吹醒，醒后依稀引棹游。

◎ **贾东苏**（扬州）

虹桥览胜

水捧浮云老树香，人文千载画栏藏。
浪花亲吻诗花踏，青霭微风鹭一行。

◎ **孙宝龙**（扬州）

红桥盛事

欣闻雅集忆红桥，激起诗情似海潮。
一韵千声同唱和，绕城三月胜莺娇。

修禊遐名谁与同，生来浸染绿扬风。
一诗激起千层浪，敢问何桥有此红。

◎ 彭志伦（安徽）

韵和高昌先生《扬州红桥雅集赞》

瘦西湖上赤栏桥，阅尽经年韵事潮。
代序春风生劲骨，而今诗赋出新娇。

◎ 刘家勤（南京）

红桥雅集赞

画桥烟柳小舟行，胜景依稀耳畔鸣。
今又莺歌三月里，辉煌再铸我心倾。

◎ 刘树靖（新疆）

红桥如歌（通韵）

红桥飞跨旧曾谙，月下冶春细问天。
谁向维扬书梦幻，且听我唱忆江南。

鸣禽婉转冶春风，澍雨刷新旷世雄。
何处清幽最憧憬？红桥即在我心中。

◎ 张成佑 (扬州)

贺癸卯修禊

流辉东壁汇文风，沐耳双宁古寺钟。
曲水辋图人画出，冶春茶趣客添浓。
霞杯吟笔会宾友，雅雨渔洋立派宗。
昔日红桥今再现，衣香人影又重逢。

◎ 翟立铭 (扬州)

冶春园

护城河畔木扶疏，台榭亭廊串玉珠。
水绘飞檐杨柳影，晨临茶社簋飨酥。
红桥修禊聚贤士，雅意书怀学老苏。
花蝶忘情时舞袖，绮园恰似小蓬壶。

◎ 刘　津 (南京)

扬州红桥修禊有寄

湖湘南客北燕幽，三月烟花约旧游。
千里古河穿市井，万家新屋枕清流。
红桥拈韵烦忧少，玉笛飞音快乐稠。
醉看繁华香满树，广陵潮涨在枝头。

◎ 张德林（扬州）

红桥修禊

一桥飞架似红唇，拥吻清波三月春。
曲水流觞添雅韵，诗城酬继更迷人。

◎ **房殿宏**（扬州）

虹桥吟

虹桥映日水迢迢，画舫船娘吹玉箫。
明月二分游碧水，踏歌邗上自逍遥。

◎ **董定平**（湖北）

武汉东西湖学瘦西湖修禊红桥（通韵）

东西湖底卧红桥，古道茶曾万里销。
学梦扬州修禊后，雄姿重展念奴娇。

◎ 朱建美（扬州）

小红桥

景是扬州胜，月宜淮左明。
长虹飞瘦水，玉笛弄箫情。
九曲红阑立，一廊香韵盈。
大功修禊业，本色冶春名。

◎ 王惠芬（扬州）

纪念红桥修禊 361 周年

两岸风光景致优，红桥横卧映琼楼。
古人修禊千篇咏，今日寻芳三月游。
最喜诗刊编雅集，更欣赋作聚名流。
冶春园里笙歌醉，四海群贤邀约讴。

◎ 王巨莲（扬州）

扬州印象

写景竹西路，忘怀梅岭头。
彩船春浪碧，花径暖风柔。
邗水过高铁，广陵添峻楼。
红桥承百载，万福盛名留。

◎ 王 榕（扬州）

纪念红桥修禊 361 周年

三月烟花闹，广陵诗卷新。
河桥吟逸客，小巷织游人。
伊娄风流起，红楼宴乐醇。
放歌修禊处，似见阮亭身。

◎ 祁文帆（扬州）

红桥有怀（二首）

一

村野草庐半水间，影廊绘阁入波闲。
婆娑高树红桥下，一叶扁舟不系栓。

二

西园柳映丁溪绿，曲水浮槎落瓣红。
心慕冶春曾结社，琵琶岛畔溯流东。

◎ **奚仁德**（海安）

红桥吟

红桥照水景云开，扬气吹波日影徊。
不答时光深几许，安然浅笑百千回。

◎ **朱广平**（扬州）

次韵敬和周文彰会长《扬州红桥雅集赞》

一字栏干小拱桥，诗情画意涌春潮。
渔洋夙愿今何在，影影衣香步步娇。

◎ **左桂芳**（四川）

观摩红桥修禊雅集有吟

吾追太白访扬州，城郭寻踪数日留。
吊古未谋仙子面，红桥明月韵清流。

◎ 阳运华（四川）

红桥修禊雅集吟（二首）

一

冶春园里聚诗仙，采雅红桥玉禊联。

妙手琴音飞广宇，凤声鸣唱庆嘉年。

二

十里江堤柳岸连，莺啼野岭鹧鸪天。

红桥玉禊人神颂，扬州烟雨物华鲜。

◎ 李同义（扬州）

诗城韵潮赞，步周文彰会长《扬州红桥雅集赞》

曩年雅集聚红桥，今日诗城掀韵潮。

奇特琼花骚客赞，挥毫流淌尽多娇。

◎ 陈忠国（南京）

红桥修禊有怀

琼花细柳唱红桥，修禊汇诗波涌潮。

三纪骚坛成盛事，维扬昧景换新娇。

◎ 赵焕慧（扬州）

敬和周文彰会长《扬州红桥雅集赞》韵

瘦湖碧水绕红桥，杨柳摇风荡绿潮。
莺啭鹭飞春色美，名城诗境更多娇。

◎ 许宝忠（扬州）

红桥修禊

春逢三月须修禊，去日红桥最合宜。
碧水悠悠浮玉棹，清吹阵阵动香枝。
一城山水一如赞，尽眼烟花尽可诗。
不信君来亲探赏，定教沉醉步迟迟。

◎ 毛荣生（扬州）

纪念红桥修禊 361 年

红桥修禊文坛景，雅集群贤赋兴稠。
堪比兰亭吟曲水，更欣明月惠邗沟。
绕梁鸣玉春花绽，成卷华章硕果收。
自古诗词荣盛世，今时骚客最风流。

◎ 李忠光（南京）

步韵周文彰会长《扬州红桥雅集赞》

瘦西湖柳掩红桥，波影兰舟动若潮。
无赖琼花惊月色，嫦娥不胜几分娇。

◎ 吴中联（扬州）

红桥（二首）

一

春来碧水映红桥，修禊亭前人似潮。
盛世繁华花艳日，诗人竞唱绿杨娇。

二

曲水红桥风景秀，吟诗挥盏意兴扬。
山人身影今犹在，蝴蝶桃花衣影香。

◎ 柏开琪（扬州）

敬和周文彰会长《扬州红桥雅集赞》韵

观景凭栏步小桥，吟词咏曲唤春潮。
乡贤厚意常关顾，力助诗城分外娇。

◎ 丁保国（扬州）

红桥春禊

飞花落影水初平，碧玉簪虹檐角轻。
桥上神仙今又见，江南伴侣亦相迎。
源长敢胜金陵邑，底蕴何输会稽名。
昔者骚人多唱和，此时新风更争鸣。

◎ 何述东（扬州）

冶春新红桥

绿掩朱栏百媚娇，冶春诗社傍红桥。
谁人一阕惊风榭，便引千情上九霄。

◎ 张新贵（扬州）

纪念红桥修禊活动感怀

幸遇红桥修禊年，重逢淮左古城边。
烟花有意留三月，骚客无妨颂几篇。
御码头前佳句涌，冶春园内旧怀连。
依依一别四方去，已晓离愁即复燃。

◎ 朱正宝（扬州）

纪念红桥修禊 361 周年

三月扬城分外娇，文坛贤俊聚红桥。
新朋老友齐欢庆，才德起群胜历朝。

◎ 俞万安（扬州）

纪念红桥修禊 361 周年

泛舟湖上过红桥，柳岸桃花伴客潮。
代有骚人青玉案，吟诗唱和念奴娇。

◎ 秦振武（扬州）

续雅诵吟频

拱桥飞碧水，倒影似红唇。
舫载游人近，客临园主亲。
一桥连两岸，三社听诗新。
问月山房在，续雅诵吟频。

注：三社，指冶春茶社、花社、诗社。

◎ 夏明正（扬州）

冶春新潮

绿树临流映赤桥，冶春三社涌新潮。
今游修禊先贤地，品茗吟诗赞卉娇。

◎ 白淑环（辽宁）

红桥

红桥映水泛清波，几树莺还好放歌。
浅碧粼粼迷醉眼，千年绮韵满香河。

◎ 方德福（扬州）

诗诵红桥、瘦西湖（通韵）

万卉齐弹三月曲，游人百万赏琼仙。
桥红柳绿诗云坊，舫唱龙吟洞觑天。
梅海靓眉花问客，碧湖衔影鸟鸣山。
春风再绿岸边树，明月邀朋几度还。

◎ 胡建飞（扬州）

步韵周会长《扬州红桥雅集赞》吟咏红桥

诗城淮左小红桥，几代名流沁韵潮。
我与春风歌盛世，谁思昨日玉人娇。

◎ 戎金朴（扬州）

扬州红桥（二首）

一

画船人影小红桥，骆驿游龙看海潮。
往昔繁荣今日景，春风拂柳广陵娇。

二

一抹朱红入画廊，文人雅集绽春光。
二分明月助诗兴，绿柳千绦韵味长。

◎ 朱荣华（南通）

咏红桥

红日散霞采，烟云腾玉罗。
春山浮暖翠，画舫动清波。

拾级蜀冈望，寻幽古渡歌。
扬州多丽景，最美护城河。

◎ **释志明**（扬州）

红桥颂

湖面彩虹俏，画船碧水渡。
竹西飞韵诗，康世迈雄步。

◎ **林　莉**（扬州）

红桥

扬州花盛艳，两岸柳枝垂。
水面小船荡，红桥娇俏姿。

◎ **张德俊**（江阴）

扬州红桥修禊

柳绿桃红客聚桥，川流赏韵似春潮。
多亏雅士常关注，才有维扬分外娇。

◎ **周政发**（扬州）

赞扬州北红桥

烟柳垂波两岸笼，丹虹恰跨北南通。
一流秀水低回过，桥畔桃花别样红。

◎ **卢继堂**（扬州）

今日红桥

烟花梦里觅扬州，笑指红桥枕画楼。
九曲朱栏一湾水，鱼吹诗浪盛时酬。

◎ **丁念智**（南京）

依韵王士祯冶春绝句

击钵吟诗烟雨中，宴游修禊向阳红。
兰舟荡桨穿桥去，雅韵清欢今古同。

次韵周文彰会长《扬州红桥雅集赞》

杏月琼花别样娇，文坛又涌广陵潮。
骚人修禊创新旅，侪辈推杯廿四桥。

◎ **万家海**（南京）

红桥颂

临江跨水彩虹飞，柳色如烟天造微。
往事红桥三百载，文章一路映朝辉。

◎ **朱运镜**（扬州）

贺红桥修禊 361 周年

三月瘦湖光霁娆，骚人修禊接今朝。
冶春雅集诗吟棹，兴会熙台士弄箫。
水漾鱼翔腾细浪，霞蒸鹤唳仁红桥。
欣逢盛世新容绚，信与东杭媲俏娇。

◎ **杜鸿森**（广西）

扬州春梦（新韵）

春雨如丝细润芦，竹西路上柳风舒。
扬州一觉十年梦，越鸟三声百病无。
曲水流觞评故事，红桥修禊论皇都。
琼花已在珠窗外，还把新桃换旧符。

◎ **高文朗**（扬州）

红桥逗艳更多娇

维扬碧水映红桥，雅集流觞迭唱潮。
几度春秋呈盛世，而今逗艳更多娇。

◎ **刘家斌**（扬州）

上红桥

薄雾白纱清水绕，红唇绿浪泛诗潮。
南来北往拾阶上，一伞烟云花雨浇。

◎ **洪茂喜**（扬州）

红桥

浓荫翠绿缀桥红，万种文情霓彩中。
再现冶春歌赋宴，诗城处处溢儒风。

◎ 刘金代（南京）

步韵周文彰会长《扬州红桥雅集赞》

绿波映照彩虹桥，再现诗歌修禊潮。
接续奋蹄三百载，广陵景色展新娇。

◎ 黄师范（扬州）

红桥修禊

红桥垂柳百花香，往返游人欲醉狂。
三月烟花盈四海，冶春修禊广陵忙。

◎ 孙道兵（扬州）

红桥修禊

旭日春风碧水桥，群贤雅集动心潮。
今朝再现当年盛，明月烟花分外娇。

◎ **孔秀霞**（扬州）

纪念红桥修禊 361 周年

江南锦绣数扬州，瘦美西湖漫荡舟。
修禊红桥娆艳色，相逢李杜作吟讴。

◎ **樊小东**（甘肃）

纪念红桥修禊 361 周年

泱泱诗国竞风流，学府无缘惯自修。
心动吟坛之盛事，欲乘高铁下扬州。

◎ **郭文泽**（扬州）

癸卯年扬州红桥修禊

柳絮飘飘槐正开，桐阴遮到斗诗台。
无边兴味浓如水，齐向红桥涌过来。

◎ 汪　虎（淮安）

红桥（新韵）

淮左名都天下秀，西湖芍药为谁生？
相约明月清风夜，美丽红桥海誓盟。

◎ 周建华（安徽）

纪念红桥修禊 361 周年

天堂美景广陵融，碧水涟漪映彩虹。
击钵赋诗声不息，几多故事在桥中。

◎ 王发林（扬州）

红桥修禊吟

红桥修禊忆兰亭，吟友高歌曲赋情。
柳拂朱栏临碧水，冶春雅韵醉贤朋。

◎ 张晓鹏（扬州）

扬州红桥雅集咏

翰苑扬州呈博物，护城河上绚红桥。
名贤款款诗笺现，古迹篇篇书墨饶。
修禊流觞今握递，飞花吟客意轻摇。
兴隆壮丽浪涛涌，相系春光劲拔娇。

◎ 高存广（连云港）

红桥追韵——次韵王渔洋《冶春绝句》其四

三都名郭耀寰中，秀水清波映日红。
几向红桥烟柳处，乘风追韵步匆匆。

◎ 常维麒（浙江）

扬州红桥

水碧架红桥，枝青隐竹寮。
廊连亭院雅，壁接彩灯娇。

◎ 汤　明（扬州）

红桥修禊赞

碧水朱栏诗画桥，雅园修禊汇英潮。
冶春韵远渔洋愿，明月二分淮左娇。

◎ 王海深（广东）

相约红桥

三月红桥柳色新，胜游水岸俏佳人。
琴声和韵箫声旧，亭外篷舟逐锦鳞。

◎ 杨邦杰（广东）

春日扬州

桃花艳艳草青青，一曲吴侬侧耳听。
修禊由来诗思壮，齐将乐事续兰亭。

◎ 李显彬（辽宁）

过小红桥

杜郎昔日枉多情，修禊渔洋留美名。
二十四桥花不艳，深红今向此间生。

◎ 霍长龙（山西）

红桥修禊 361 年纪念咏（通韵）

且说修禊不得解，淮左归来意趣绵。
白塔一夕成故事，朱栏数丈赋新骈。
三都熠熠共春暮，两水溶溶同富源。
开岁即将行李备，鸢时风采广陵篇。

◎ 杨志才（扬州）

步韵和周文彰会长《扬州红桥雅集赞》

天下西湖独此桥，曾因修禊涌诗潮。
而今览胜群贤至，明月维扬春更娇。

◎ 姜　勤（扬州）

步韵和周文彰会长《扬州红桥雅集赞》

冶春曲水漾红桥，雅士喜迎修禊潮。
三月广陵花竞放，诗坛飞韵又添娇。

◎ 张丽丽（扬州）

游瘦西湖

红桥修禊扬城聚，风拂芬芳草木盈。
画舫行吟船女秀，鸳鸯戏水碧波荣。
五亭涵月闻箫韵，十里湖堤漾笑声。
雅阁熙春遥伫立，晴云白塔鸟欢鸣。

◎ 潘顺琴（扬州）

红桥修禊余韵长

红桥遗韵传千古，修禊余音律更长。
雅士风流相唱和，西湖犹记载芬芳。

◎ **鞠景生**（扬州）

冶春红桥

细雨斜侵绿柳凉，环溪涨腻落红香。
一桥九曲重修禊，犹见群贤醉羽觞。

重续红桥修禊赞

九曲溪流绕北城，香留丽影柳烟生。
诗缘风雅云笺展，心系渔洋短棹行。
文汇读书唯四库，冶春煮酒到三更。
欣逢治世重修禊，雅聚红桥唱和情。

◎ **薛宝安**（扬州）

红桥雅韵

枝繁叶绿瘦红桥，碧水清流身段娇。
静待百年修禊事，诗人唱和漾春潮。

◎ **王闻大**（扬州）

纪念红桥修禊

箫声月色自多娇，歌吹红桥沸碧霄。
胜景今朝重又现，诗潮澎湃助春潮。

◎ 侯燕新（扬州）

步韵周文彰会长《扬州红桥雅集赞》

绿阴春水映红桥，十里诗声涌似潮。
拾翠寻芳回旧梦，一枝琼艳满城娇。

◎ 薛　勤（扬州）

步韵周文彰会长《扬州红桥雅集赞》

湖光山色映红桥，再涌当年修禊潮。
沧海桑田三百载，扬州今日更添娇。

◎ 陈大昌（扬州）

步韵周文彰会长《扬州红桥雅集赞》

诗人笔下见红桥，如画如歌追梦潮。
不及秦淮多秀色，风情旧貌见天娇。

◎ 苏延明（扬州）

春爱瘦西湖

白塔蓝天净，红桥碧水长。
湖岚潜草鹭，柳色隐亭廊。
舟动新萍舞，人歌翠鸟翔。
神州何处美？三月下维扬。

◎ 宗　齐（镇江）

纪念红桥修禊 361 周年

曲水流觞三月三，红桥修禊韵犹酣。
百花熏得游人醉，五柳亦加骚客谈。

◎ 顾仲平（海门）

纪念红桥修禊

扬州四季溢春风，俯瞰清河一点红。
修禊诗文千万首，传承盛世庆丰功。

◎ 陈俊远（海南）

纪念红桥修禊 361 周年

秀色西湖自古真，红桥修禊满游人。
东风不负当年约，十里扬州共冶春。

◎ 吴贤坤（扬州）

敬和周文彰会长《扬州红桥雅集赞》韵

曾经修禊聚红桥，咏月吟风竟似潮。
水韵古城餐秀色，横空博馆展新娇。

◎ 濮燕飞（南通）

桥水两相和

红桥瘦水两相和，修禊风流泛碧波。
莫叹嘉词被说尽，扬州诗赋不嫌多。

◎ 陈昌年（南通）

红桥修禊

烟花三月恣情游，结伴寻芳禊事修。

淮左名都湖独瘦，竹西佳处景方柔。

祓除恶疫开春步，觞咏红桥聚胜流。

和气熏人归未得，酒阑歌罢更迟留。

◎ 詹玉琴（扬州）

贺红桥雅集（二首）

一

风和日丽艳阳天，古邑名城好事连。

修禊红桥逢上巳，今朝盛况喜空前。

二

烟花三月好风光，绿柳红桥满画廊。

修禊迎来骚客至，赋诗唱诵赞维扬。

◎ 吴献中（扬州）

曲游春·春满绿杨

十里春风路，觅绿绦琼影，桃李分色。候鸟巡沙，唤江豚吹浪，大江澄碧。古运三湾湿。诗渡口、彩虹琴笛。续半程、跑过邗城，扬马赛道添力。

妙笔。城河升级。醉香影廊边，茅盖陈迹。文旅三都，宠天成水景，冶春新立，一品红楼席。十二景、芳容揖客。莫等迟、柳放烟花，怎生错得。

◎ 蒋寿建（扬州）

西江月·题红桥雅集

何处清风明月，眼前汉礼唐装。冶春河畔古筝扬，且听旧诗吟唱。

梦里红桥修禊，今朝雅集群芳。竹西流水遇潇湘，难觅难求难忘。

◎ 徐　乐（扬州）

蝶恋花·红桥修禊感怀

　　一脉清芬泗翠色。玉柳葱茏，浅绿深红织。遥望凌波红艳处，烟花明月扬州饰。

　　禊事而今三百载。廊影回环，曲水流觞侧。诗兴修来风雅续，冶春梦驻拈平仄。

◎ 焦长春（扬州）

浣溪沙·烟花三月

　　三月扬州花满枝。莺声柳色弄春时。欲吟难免思依依。
　　情合阶前禽语乐，心和窗外絮飞迟。此间应赋一篇诗。

◎ 吴幼萍（扬州）

小重山·红桥修禊361周年

　　春草盈盈绿又芳。飞来京燕子、绕香廊。红桥横跨水中央。腾仙气、修竹动禅堂。

　　清致有词章。醉听箫若梦、掌声扬。花台笑语聚贤良。将进酒、款步诵诗唐。

◎ **崔成鹏**（扬州）

浣溪沙·贺癸卯扬州红桥雅集

三月初三盛宴开，骚朋文友踏春来。赋诗唱诵喜登台。

重现当年修禊景，诗城装点别心裁。红桥雅韵醉幽怀。

◎ **盛树东**（扬州）

唐多令·又见红桥

一拱度芳风。两堤饮卧虹。燕影过、诗画其中。春水堆烟
摇旧梦，歌舫载、几相同。

修禊七千重。醉毫九曲红。不凭阑、犹记徽容。桥下郢声
掀碧浪，柳幄又、策吟筇。

小镇西犯·醉红桥

岸桃窥绿影，泠泠柳钓。烟芜蘸、雾中芳岛。依约歌声袅袅。
翠移兰棹。萦耳畔，如莺啼一笑。

已多少。古今骚客至，吟昏醉晓。上红桥、怎禁舒啸。水
阁香枝花绕。尽享闲眺。堪怜处，笔下蓬莱小。

探春令·棹影波赋

春栖卧阁,柳摇游舫,梦穿烟雨。虹梁跨水生殊趣。雾谷里、云津路。

当年雅韵犹耳鼓。尽舫清姿睹。百载风、隐隐悠悠,桥下棹影鸥波赋。

◎ 赵家驹(扬州)

洞仙歌·癸卯年三月初三诗城扬州纪念红桥修禊首倡361周年雅集寄怀

清人春禊,和诗词千首。神韵风情枕河柳。解兰舟、高士吟咏红桥,青缃照,游宴传香裕后。

垂花仪门内,庭院幽深,一曲栏杆抚纤手。玉壶冰液芬、纨扇轻摇,行揖礼、谦恭童叟。听雅声、山房起松涛,品文道、池头引觞添酒。

鹤冲天·今日扬州

穿云破雾,风雨兼程越。昂首立潮头,衔舻楫。阅千年气象,名胜地、楼头月。不夜神仙窟。绿杨城郭,每数俊才书箧。

三都尽展新生活。三城多景象,清风节。濯足河边礼,修禊去、平安结。雅集吟一阕。今朝难忘,复兴有意听决。

◎ **顾凌凌**（扬州）

柳梢青·贺红桥雅集

紫燕横川。画船载酒，急管繁弦。鸿雁联群，裁云镂月，开局弥宽。

倚声绝艺珠圆。频唱和、红桥水漶。白雪知音，凤凰肯逐，胜景千千。

浣溪沙·癸卯红桥雅集次韵王士祯

一路春光逐画桡，几多垂柳傍红桥。抒怀涤荡遣愁消。谁并玉颜归鹤去，欲求芳讯别思迢。梦回重听广陵潮。

◎ **周伦章**（扬州）

梦扬州·红桥修禊

睹丰标。有绿杨缭绕，荷盖相交。久别却来，越发端庄妖娇。老城河上微波漾，夕照收、明月光摇。弦歌续，婆娑人影，惯常闲步清宵。

轻雾金霞霁朝。时俊鸟争鸣，逸客招邀。道古论今，尽日流连逍遥。尔来雅事今尤盛，聚冶春、吟咏陶陶。诗会涌，风流一代，修禊红桥。

◎ **章再书**（扬州）

燕归梁·癸卯扬州红桥雅集

骀荡春光泼彩浓。正万木葱茏。冶春楼阁焕新容。禊水绿、小桥红。

群贤毕至，行香施礼，琴曲响铮钹。长吟高咏畅心胸。诗佐酒、醉东风。

行香子·水韵扬州

依水而生，因水而优。恰春来大美扬州。羹鱼饭稻，踏浪行舟。看长江阔，西湖瘦，运河悠。

清涟北上，爬坡穿隧，济京津南水源头。乘风以往，骑鹤来游。正波光滟，星光灿，月光柔。

◎ **王兆根**（扬州）

江城子·冶春红桥

郊外城河草木春。水粼粼，绝烟尘。一座红桥、倒影卧长津。虚实相衔成最爱，樱桃小口，美人唇。

武陵春·纪念红桥修禊 361 周年

提起扬州修禊事，谁不忆红桥。曲水流觞泛碧潮，诗国领风骚。

今喜宾朋来唱和，旨在冶情操。声动梁尘气势高，响彻九重霄。

◎ **李忠光**（南京）

扬州慢·红桥修禊寄怀

淮水芳华，烟花三月，春风十里诗程。看红桥丽日，见白鹭山青。荡舟子、无眠水月，画舟双桨，疏影花灯。赋瑶池，玉笛吹箫，心动邗城。

运河富甲，自渔洋、修禊时惊。感佳话诗坛，兰亭雅集，畅叙高情。万籁竹轩谁谱，追怀梦、和韵齐声。唱九州昌盛，春江花月潮生。

浪淘沙·扬州红桥雅集

柳拂冶春风。烟雨溶溶。红桥仍在绿岚中。修禊兰亭雅韵现，桃李融融。

诗客画舟逢。比兴何穷。月娥掬水浣花红。曲水流觞歌盛世，诗卷情浓。

◎ **张忆群**（扬州）

巫山一段云·赞 2023 年扬州红桥雅集

洗濯山房外，行香水榭前。童声清脆祭先贤。盛况比当年。
骚客抒豪气，高师赋雅篇。裁红剪绿醉云笺。琼苑百花妍。

鹧鸪天·衣香人影

水榭临波翠柳中。朱栏一曲倚春风。廊连茅屋水云动，舟出红桥今古同。

隐闹市，过惊鸿。垂棠吐玉太匆匆。何时再觅佳人影，把酒歌诗问宇穹。

◎ 韩　工 (南京)

鹊桥仙·扬州冶春园红桥随想

古桥横跨，瘦西湖上，明代崇祯年建。清朝修缮置桥亭，红栏曲、画舟穿券。

红桥卧水，木衔榫卯，修禊冶春诗赞。维扬遐想我云翔，祈海峡、彩虹高璨。

注：券，拱券，建筑物中砌成弧形的部分。

◎ 缪玉琴 (扬州)

满庭芳·咏诗意扬州

淮左仙乡，蜀冈龙脉，繁华自古名都。祥和福地，熠熠若明珠。醉在烟花三月，轻风袅、翠染新图。漫倾听，扬城处处，春曲绕林庐。

红桥依碧水，霞光留影，星月盈湖。四季里，花香常伴幽居。闲步亭台竹榭，又忆起、修禊鸿儒。邀良友，再依前韵，诗意总如初。

沁园春·纪念红桥修禊 361 周年

春暖扬城，柳依画舫，水映红桥。恰时逢上巳，香迷人影，重临修禊，曲和琼箫。游宴持觞，兴言赋咏，寄傲群贤意气高。翠亭下，正诗声朗朗，雅韵飘飘。

一番清景堪描。题小字、尘中俗事抛。念故园双燕，枝前相守，昔年挚友，月下曾邀。笑语如初，情怀依旧，醉看青山暮与朝。勤执笔，愿诗心未改，不染尘嚣。

◎ 蒋成忠（扬州）

鹧鸪天·红桥修禊

三月江南七色稠。春风有信满芳洲。落花催得千花发，去鸟吟来百鸟酬。

歌未息，唱无休。诗城自古属扬州。红桥修禊年年盛，铎韵邀朋一放喉。

◎ 汪 雯（扬州）

南歌子·绿杨春之韵

紫气飘高树，桃花浪浅流。燕回春草舞轻柔。一野笼烟枝袅，风过香留。

莺入垂杨畔，鸿飞曲岸头。镜天低映水中鸥。鱼跃还催新雨，润色芳洲。

◎ 朱文俊（泰州）

点绛唇·扬州有怀（通韵二首）

一

念四桥边，水清犹唱相思调。柳阴鱼跳。南浦今人杳。

只叹流莺，不向扬州老。梅枝小。绿窗人窈。明月依依照。

二

雾雨烟花，千年叠构扬州梦。梦中春醒。帘小微风动。

莫待青阴，且放逍遥艇。荷尚冷。柳依波送。回首红桥影。

◎ 薛　勤（南京）

菩萨蛮·扬州红桥修禊

烟花三月维扬秀，翠湖邀桨骚人酒。碧浪荡红桥，又掀修禊潮。

美名扬世界，科技创华彩。惊叹广陵昌，文坛著锦章。

◎ 黄国庆（内蒙古）

梦扬州·纪念红桥修禊，吟咏今日扬州

胜丹青。纵恺之神笔，难绘扬城。借月二分，灿若寒宫晶莹。画桥栏畔霓虹滟，恰运河、天落繁星。欣游目，琼楼珠塔，绣帘风卷舟轻。

晨日三湾景明。看紫陌春光，绿渚兰汀。草色百般，点染芳菲多情。且啼鸟叶底昭苏暖，漱石间、流水琤琤。烟象外，园林织锦，花柳飞莺。

◎ 姜　勤（扬州）

清平乐·纪念红桥修禊 361 周年

天高云淡，喜见双飞燕。虹映清波新绿掩，又是一年春返。

湖堤游客徜徉，梅林竞吐芬芳。诗友欣逢盛世，雅集仿效渔洋。

沁园春·癸卯上巳冶春又见红桥修禊

秋冶春光，水绘晴云，岸柳絮飘。正烟花三月，波摇舟楫；
歌吹咫尺，露浥尘嚣。廊下山边，衣香人影，丰市层楼对拱桥。
任朝暮，看西园胜地，分外妖娆。

金钗十二含娇。守彩柱依然隐细腰。叹姜夔杜牧，昔年赋咏；
渔洋尚任，今日风标。盛世清平，莺飞燕舞，入夜千灯映碧霄。
逢上巳，又当期修禊，韵律如潮。

◎ **俞万安**（扬州）

南乡一剪梅·红桥修禊

相遇艳姿妖。曼妙多情水上娇。横向城河飞两岸，惊了红桥。
醉了红桥。

修禊冶春邀。雅集吟诗弄月骚。再续兰亭言旧事，茶也逍遥。
人也逍遥。

南歌子·红桥

绿水流千载，英姿立百年。风吹雨打俏依然。总把万千游
客渡人间。

镜面湖中影，诗心月下圆。含辛茹苦总无言。任尔暑来寒
往结情缘。

◎ 张晓鹏（扬州）

扬州慢·红桥修禊

话表名都，吟诗淮左，红桥修禊千娇。喜桃春灯火，至兰月歌瑶。更相约、河边沐浴，祛邪洗濯，古俗氛嚣。集骚人，饮誉行吟，承眷同陶。

扬州今日，瘦西湖、彩翼红描。看秀色亭芳，冶春览胜，人脉通潮。王士祯诗仍绚，繁华况、真实城豪。展红桥尊向，风光阅定盈饶。

瑞鹧鸪·扬州冶春园

三月红桥雨化诗。一春拓阔润南枝。景迎碧浪浓芬拥，风掠潮头柔细披。

击钵声高曾亘古，吟哦魂凝盛言题。骋容厚载扬州美，留待盈饶随梦携。

◎ 夏士文（南京）

临江仙·红桥修禊

涵碧楼头红日照，春风吹绿垂条。瘦西湖畔杏花妖。平山堂上，眺望远山遥。

盛世扬州逢胜事，红桥修禊新潮。神州骚客尽英豪。运河含笑，韵律起狂涛。

◎ 张留忠（南京）

望海潮·红桥修禊畅想

红桥潋影，昆冈迤逦，"三都"誉冠维扬。晴塔五亭，琴台竹馆，长堤曳柳波光。流韵净园香。雨丝梦如幻，悠鹭栖翔。帝厚琼花，月箫吹奏咏灯妆。

修禊底色新彰。有诗情画意，雅集文章。吟诵唱和，弦弹共响，广陵望远京航。歌咱九州强。回首沧桑恨，多少悲殇。大运河镶翡翠，三百梦辉煌。

◎ 颜呈华（扬州）

采桑子·烟花三月吟

小桥流水歌新曲，美醉诗花。十里烟霞。一片繁华乐万家。
亭台水榭天成画，一盏春茶。闲听琵琶。舟过云溪入海涯。

◎ 秦振武（扬州）

风入松·创编时代新猷

冶春诗句广传流，神韵出凡畴。红桥禊事群英荟，墨客精、珠出灵幽。唐韵宋风挥洒，独持音绝声悠。

春风明月塑扬州，随处亮金喉。红桥雅集贤才聚，慧心存、荆玉之优。承继中华文化，创编时代新猷。

◎ **孙宝龙**（扬州）

接贤宾·红桥修禊

春来必去是红桥。恰修禊掀潮。千声同唱共和，胜景难描。管弦音细霓裳舞，青娥鹤发黄髫。欲振诗城齐抒愿，才情迸发挥毫。继唐风，承宋韵，赞一代英豪。

◎ **姜春雨**（扬州）

水调歌头·瘦西湖之春

胜日思修禊，瘦水忆渔洋。几番红槛唱和，挥洒诵华章。五百年花旧色，十二楼台新貌，玉笛韵悠长。钓榭揽明月，锦地认家乡。

斗牛转，湖景换，又迎芳。绕桃穿柳，游客联袂过亭廊。九曲桥栏拍照，一带琼花弄影，不觉袖笼香。最美知何处，且去问船娘。

◎ **王茂苹**（南京）

临江仙·扬州红桥修禊

柳烟袅袅西湖美，兰亭修禊添娇。冶春园景艳妖娆，碧湖风韵涌新潮。

楼阁亭台风景丽，俊才词赋红桥。游船短笛又吹箫，举樽行酒唱今朝。

◎ 朱广平（扬州）

瑞鹧鸪·红桥雅集

河漾城旁小画桥。柳枝嫩绿逐春潮。月悬万里苍穹碧，花盛千寻莺态娇。

雅韵青阳吟妙赋，闲情秋色颂文豪。士禛唱和风流句，盛世今逢歌永宵。

南乡一剪梅·扬州红桥修禊

波映小红桥。细柳柔枝慢慢摇。最爱枝头魂一缕，春色轻撩。草色轻撩。

吟事且相邀。可是渔洋起热潮。悦读佳篇精彩处，欢唱诗谣。评唱诗谣。

◎ 薛宝安（扬州）

虞美人·冶春烟雨

雨梳茅舍依依柳。栏曲盈盈走。仙琼珠蕊暗香遥。隐见旗袍云伞、立红桥。

山房问月诗情结。可否淋淋歇。欲将春色细蒙纱。不误烟花修禊、绽诗花。

◎ 张　铭（扬州）

沁园春·红桥修禊颂

三月扬州，修禊红桥，时疫被除。看烟花迷眼，团圞衮雪；柳菁舞带，丝鬓临湖。时发琼枝，八仙襄助，旧雨新朋环聚如。长堤畔，有红桃绿柳，戏水游凫。

聊凭鸿雁飞书。蜀岗麓、山堂造访无？忆渔洋首唱，流觞曲水；卢君赓续，传赋敲盂。雅集群贤，文坛盛事，媲美兰亭又一区。今把酒，喜东风拂面，更进三壶。

◎ 王玉鸣（扬州）

燕归梁·红桥春禊

曲水流觞唱领航。雅士颂维扬。彩云追月忆韶光。菜根聚、御园堂。

运河美景，红桥卧浪，暖煦绿春江。催鸣布谷事农忙。燕剪柳、绕红梁。

◎ 胡天成（扬州）

忆江南·瘦西湖

扬州雨，三月最缠绵。应是春工怜瘦水，为难佳丽不涂颜。楚楚万花间。

◎ 周秋云（南京）

踏莎行·红桥修禊

犹眷桃花，更兹芳草。烟花三月花枝俏。翠湖碧水醉红桥，依依烟柳情丝缈。

修禊兰亭，题诗华表。樊川踏月春风袅。江淮风韵涌新潮，幽香缕缕东君笑。

◎ 程小平（扬州）

锦帐春·红桥览胜

翠柳清涟，红桥疏影。引文士贤流延颈。水悠悠，山隐隐，览春湖绮景。帝乡形胜。

遗韵清流，冶春新咏。继修禊传承彪炳。子真情，骚雅兴。集古今诗圣。广陵潮涌。

一剪梅·春游扬州

三月暄风化雨柔。水碧岑青，桃绽樱稠。芳情牵梦画中行，烟柳娇莺，远寺歌舟。

廿四桥虹倩影浮。箫管楼台，花月诗流。骋妍胜迹动吟怀，怡乐谁边，骑鹤扬州。

◎ 朱建美（扬州）

行香子·红桥修禊

画里徜徉，物外心移。看前岁栽柳成蹊。红桥修禊，旧貌新辉。试冶春宴，冶春味，冶春词。

渔洋一派，风流同醉，集名贤雅唱歌随。古声尚远，今调何迟。共月城赋，月城韵，月城诗。

◎ 邓兴琴（扬州）

瑞鹧鸪·冶春新貌（通韵）

朱户灯笼照碧云。卧虹两岸焕然新。百花斗艳蝶蜂舞，千柳垂丝拂水临。

尚任亲题诗社字，渔洋修禊唱和文。早茶奶泡茅庐榭，晚酒红楼香齿唇。

◎ 丁保国（扬州）

卜算子·扬州新梦

曲水画游虹，月落人烟笼。淮左从来文士多，梧树栖金凤。翎振三名城，鸣动群儒共。修禊相逢新盛世，再续扬州梦。

◎ 朱正宝（扬州）

踏莎行·漫步冶春园

绿柳柔丝，红桥秀媚。护城河上风光美。亭楼仿古似隋唐，红楼十二金钗绘。

日景斑斓，夜图壮丽。园林亮比银河系。岸边灯彩靓星云，愚翁赏景心陶醉。

临江仙·纪念红桥修禊

三月烟花腾紫气，扬城美丽多娇。红桥修禊聚英豪。宾朋齐庆贺，韵律冶情操。

今日西园佳境地，吟和响彻云霄。颂今怀古乐逍遥。诗风追李杜，国粹领风骚。

◎ 胡建飞（扬州）

水调歌头·红桥修禊感怀

红桥渔洋起，邗上写春秋。烟花三月，吟咏妙境冶春楼。茶隐吾身太浅，有幸文昌步韵，击钵赋诗留。澄潭接新水，漾月荡扁舟。

忆往昔，名家聚，站潮头。红桥修禊，雅集诗社续风流。今日观湖镜里，不觉鬓丝白雪，逐岁习飞鸥。阆苑瑶池水，千载共悠悠。

行香子·红桥修禊吟

漾月红桥,修禊渔洋。冶春社诗赋铭彰。一壶老酒,三径茶香。
看苎萝村,惊游子,瘦船娘。

七千和韵,江楼齐唱,击钵声荡咏维扬。玉山之石,大国珠光。
在城河畔,寻旧梦,曲流觞。

◎ **鞠景生**（扬州）

行香子·春游瘦西湖

竹影摇风,柳浪闻莺。看平湖云雾充盈。吹台笛起,津渡舟横。
叹金山小,徐园静,草堂明。

春归帘卷,梅开山秀,引骚人舞墨飞觚。群凫逐浪,三径含英。
愿月长圆,花长艳,水长清。

◎ **刘有祥**（扬州）

望海潮·纪念红桥修禊

隋唐登榜,宜居城市,扬州自古繁华。山秀物丰,园华景美,
风光醉倒诗家。亭美誉天涯。五朵莲花放,湖上听笳。驰誉三都,
领军挂帅竖高牙。

明星城市当嘉。有新潮美食,古苑琼花。科创绩优,交通发达,
堪称华夏奇葩。游客众人夸。文光冠东亚,德艺双佳。来日渔
洋有约,豪兴付飞霞。

◎ **赵亚杰**（扬州）

临江仙·纪念红桥修禊

汴水红桥再现，襄阳经典融通。怡然今岁冶春逢。画船留雅韵，柳色映荷容。

多少游人墨客，红桥唱和情浓。百年穿越更繁秾。朱栏明艳艳，月影正瞳瞳。

◎ **曹国泰**（扬州）

满庭芳·纪念红桥修禊 361 周年

歌吹红桥，烟花三月，香廊晓沐朝辉。骚人会聚，虔敬贺佳期。地北天南客至，心潮涌、有似荣归。敲金玉，东风送卷，群力作新诗。

纵情挥醉墨，诵吟和韵，情澜翰飞。赋声赞，素描盛世章回。处处莺歌燕舞，百花艳、孕满生机。传承兴，渔洋再现，齐唱冶春词。

◎ **任小倩**（湖北）

临江仙·红桥修禊　吟咏扬州

三月烟花迷客眼，文雄千里相招。酒茶诗画胜春潮。欲寻苏李句，吴粉彩衣飘。

更叹铸山齐煮海，科农生态堪高。飞虹卯榫独风骚。运河淘白浪，修禊看红桥。

◎ **王巨莲**（扬州）

踏莎行·烟花三月

杨柳垂青，夭桃绽蕊。蜀冈绕望春烟倚。五亭桥下泛舟游，冶春茶社书香指。

高铁穿城，飞机约会。东关古巷藏私邸。来时三月去时秋，流连忘返人皆醉。

◎ **黄仰之**（扬州）

瑞鹧鸪·冶春园

谙熟城关御马头。复添彩笔绘漪流。卧虹一跨霞飞水，烟柳千重绦拂舟。

翠蔓彤芳相衬映，鸾笙龙管各遐悠。品茶点食游园罢，纵览诗书文汇楼。

◎ **蔡荣电**（福建）

菩萨蛮·三月扬州

暮春千叠春风皱，吹来烟雨西湖瘦。双燕绕城头，微波漾小舟。

梦回杨柳渡，不忍踏花路。谁再唱船歌？云飞古运河。

◎ **赵传法**（南京）

玉楼春·赞红桥修禊

往事广陵三百曲。雨润扬春千柳绿。丰功人杰举淮荣，翰墨古今多左掬。

楼阁亭台辉景淑。一片碧波迎喜福。唯其二十四桥娇，大运河都风雅属。

◎ **严登宇**（扬州）

八声甘州·水月扬州

独江河湖月占鳌头，水月数扬州。看长江左右，运河南北，瘦水春秋。是处虹桥横架，修禊和声酬。隔岸听箫笛，逸韵悠悠。

更有三都新貌，醉五湖墨客，兴雅难收。谢三城旧柳，把四海人留。正烟花、春光月满，得空闲、一日海西游。尝真味、赏琼枝月，登上珠楼。

◎ 朱运镜（扬州）

玉楼春·今日扬州

春风十里长堤路。明月二分飞杏雨。遥看鹤舞九皋来，近听波粼吟细语。

红桥修禊传今古。衣带渐宽安觉苦？欣逢盛世更风流，一曲狂飙追梦去。

◎ 郝名山（扬州）

天净沙·红桥修禊颂扬州

桃花柳叶春鸥。拱桥流水行舟。墨客文人韵楼。共吟同奏，富美强高扬州。

◎ 吴育杭（扬州）

西江月·烟花三月扬州吟

绿柳临河飘絮，黄鹂依楝哢咙。繁花似锦树葱茏。碧水绕城悠动。

怀抱二分明月，身披十里春风。鸿鹄展翅志飞翀。圆我淮东旧梦。

◎ 夏明正（扬州）

减字木兰花·癸卯上巳纪红桥修禊

扬州三月。琼树无双花似雪。文旅名城。历代诗人情独恒。
渔洋修禊。雅集红桥春倍纪。烟雨红楼。淮左湖边景色幽。

◎ 吴中联（扬州）

清平乐·冶春修禊

冶春园斐。柳绿桥红美。骚客八方来此汇。寻迹渔洋雅事。
童叟洗濯吟诗。群贤柳岸唱词。盛世繁华今日，绿杨城郭
歌飞。

◎ 王发林（扬州）

十六字令·修禊吟

祥。修禊红桥国粹扬。新风唱，曲赋忆渔洋。

散曲

◎ **张四喜**（中华诗词学会散曲工委副主任）（山西）

〔双调·折桂令〕红桥

瘦西湖几度春宵，丽蕊桃花，香雪梅巢。三月扬州，万家朱户，十里人潮。看细浪如鳞影绰，美莲蓬共柳枝摇。时醉琴箫，再忆江南，最是红桥。

◎ **王裕禄**（南京）

〔正宫·脱布衫带过小梁州〕赞扬州红桥雅集

一回回集聚相邀，一杯杯禊饮知交。一行行情真意表，一曲曲韵谐词妙。　　〔过〕他年雅士步红桥，酬唱声高。冶春园上涌春潮，人欢笑，墨染梦迢迢。　　〔幺〕三都今日新风貌，平湖暖景美名遥。客又来，诗囊倒，登楼同乐，情润百花娇。

〔越调·小桃红〕纪念红桥修禊

文人齐聚小红桥，欣把先贤效。致礼行香韵开道，汇诗潮，复呈修禊当年貌。冶春俊娇，广陵登曜，上巳诵声高。

◎ 曹建新（常州）

〔仙吕·青哥儿〕扬州好

阴晴一湖清秀，滋生千载风流，便起红桥律吕优。当步兰亭五音鸥，穿云岫。

盐商舫歌陈事，工场旋律新诗，林立园区虎跃姿。更借航空港情思，舒鹰翅。

瓜洲澹波明月，今朝无客悲嗟，银杏琼花不舍别。吐哺温情聚英杰，春秋悦。

◎ 卢　偓（南京）

〔仙吕·一半儿〕红桥禊事（三首）

一

红桥风雅古今多，修禊春秋诗万箩，急管繁弦难掉脱。棹吴歌，一半儿残虹一半儿荷。

二

渔洋一串浣纱哦，北郭清溪涌绿波，名士众人皆醉酡。问阿婆，一半儿开腔一半儿躲。

三

桃花扇主过梅坡，穿越蜂蝶安乐窝，晴雨禽鱼都快活。世间他，一半儿开心一半儿锁。

◎ **盛树东**（扬州）

〔正宫·脱布衫带过小梁州〕春又红桥

柳飘飘风舞霓裳，鸟啾啾喜煞春光。水悠悠橹摇画舫，笑盈盈悦心飞荡。　　〔过〕一座红桥写锦章，还记渔洋。栏杆九曲惹诗肠，依稀唱，人影散衣香。　　〔幺〕岁经三百声犹畅，烟花月不减芬芳。溪草边，吟笺上，兰襟修禊，两陌醉流觞。

〔中吕·朝天子〕红桥修禊

拱桥，木桥，虹吐凌波俏。栏杆九曲过轻桡，歌伴盈盈笑。倩影衣香，清溪柳钓，芳情荡碧霄。彩毫，素毫，难写春光妙。

雨脚，韵脚，点点枝头落。渔洋修禊引诗潮，两岸莺声闹。移舸流觞，雅风侧帽，万人和咏高。月皎，练皎，娓娓兰亭调。

〔黄钟·贺圣朝〕春禊天赋毫

霞染芍，柳丝摇，衣袂飘，红影牵心闲上桥。湖中船娘曳楚腰，波荡曲鸟儿学，携上风撑一篙。

平仄敲，咏今朝，春更娇，攘攘熙熙修禊潮。诗情依稀酒后高，烟溪畔醉相邀，景盈眸天赋毫。

◎ 崔成鹏（扬州）

〔仙吕·四季花〕红桥雅集感吟

清风牵袖赏红桥，修禊上头条。冶春兴会骚坛耀，迭起涌诗潮。雅兴高，唱酬神韵广陵娇。

◎ 杨碧峰（南京）

〔中吕·喜春来带过普天乐〕纪念红桥修禊 361 周年

风柔雨细山川俏，柳舞桃开景色娇，烟花三月友相邀。时正好，研墨把春描。　〔过〕守初心，呈新貌。诗吟曲赋，茶品香飘。唐宋音，宫商调。恰似年青寻幽道，惹骚人酬唱声高。悠长运河，繁华街市，烂漫红桥。

◎ 姜　玲（扬州）

〔中吕·朝天子〕红桥修禊

若虹，若虹，白水长天共。澹薄身影力无穷，济渡千千众。肩负云行，怀柔波动，湖光丹色融。俯躬，俯躬，灾疠瘟神送。

望中，望中，修禊多龙凤。渔洋一曲竞遥同，佳句相酬奉。结社鸥盟，吟魂蝶梦，古今幽意通。采风，采风，不息红桥颂。

◎ **李亮寅**（北京）

〔双调·水仙子〕瘦西湖

香园曲水绕雕楼，荷浦清波摇画舟，红桥烟雨沾罗袖。渔洋曾置酒，韵悠悠煞是风流。莺声细，竹径幽，爱不够今古扬州。

◎ **周伦章**（扬州）

〔中吕·齐天乐带过红衫儿〕红桥觞咏

红桥曲水流觞，修禊汶河上。渔洋，尚，肇创留芳。匹兰亭、列有维扬，成双，文脉恢张，赓继显昌。富茂名城，诗业辉煌。扬子江，千层浪，源远流长。　〔过〕宋韵唐风荡，吟社愈兴旺。老街坊，少年郎，才女同声唱。聚蜀冈，会河旁，观景舒情雅放。

◎ **章再书**（扬州）

〔正宫·脱布衫带过小梁州〕癸卯红桥雅集

冶春园满溢香芬，护城河轻漾涟沦。众娇姝面施淡粉，美少年额泗红晕。　〔过〕烟花三月最销魂，淑气氤氲。红桥修禊继前人，诸贤俊，诗兴若泉喷。　〔幺〕声情并茂吟清韵，唱声诗响遏行云。影像传，诗坛振。大江南北，共羡广陵春。

◎ 程小平（扬州）

〔中吕·喜春来带过普天乐〕遗景新赓——红桥修禊有怀

百年芳润凝幽兴，三月红桥唱和声，胜流怀古仰贤名。享清时，洒笔寄吟情。　〔过〕柳烟轻，湖光迥。修禊风流未减，流觞翰藻酬迎。儒雅风，兰亭咏。宛转萦纡诗毫盛，瘦湖妍、吐秀生灵。高怀韵事，旧乡雅道，遗景新赓。

◎ 黄安红（海南）

〔中吕·醉高歌带过喜春来〕咏红桥修禊

长河总涌词涛，古巷常随韵绕。广陵平仄黎民乐，盛会春来兔卯。　〔过〕二分明月闻笛调，三月清风拂柳绦，满怀诗梦过红桥。修禊潮，花令胜前朝。

〔中吕·满庭芳〕红桥抒怀

红桥韵暖，草庐人满，香影飞鸾。依依翠柳莺声唤，骚客常观。翁妪友敲屏改纂，幼孩童吟句学钻。诗风伴，冶春社馆，三百载留欢。

◎ 周圣陶（扬州）

〔中吕·朝天子〕烟花三月红桥修褉 361 周年寄

昼官，夜欢，唱和瘦西湖畔。诗词吟诵进民间，屈指扬州冠。修褉河边，红桥奇观，绿杨赏风鸾。水暖，日完，安定无忧患。

◎ 刘树靖（新疆）

〔中吕·迎仙客〕冶春园即景

红染山，绿飞烟。晴云湛蓝光耀天。景奇观，鸟语怜。澍玉流鲜，日暮仍鱼贯。

歌似泉，舞如仙。风情烨人今古传。赏桃源，歆辋川。诗赋连篇，岁岁风如愿。

◎ 吴中联（扬州）

〔仙吕·寄生草〕冶春园

桃花艳，溪水烟。柳枝摇曳清波面。彩云飞绕琉璃殿。夕阳辉映红桥券。春光灿烂冶春园，诗人唱彻芜城甸。

◎ 杨志才（扬州）

〔越调·小桃红〕冶春园

惠风和畅沐春光，一路清波漾。水绘晴云画楼上，乐声长，衣香人影心花放。城闉问松，餐英别墅，胜景看维扬。

◎ 朱建美（扬州）

〔中吕·喜春来带过普天乐〕红桥修禊扬州骄

画廊鹤影祥光照，玉带银龙碧浪迢。京杭联运始归漕。真个好，胜景昭昭。　　〔过〕巨龙飞，神仙笑，月娥舞醉，诗圣魂销。柳燕穿，琼烟袅，明月箫音扬州妙，看群英、修禊红桥。新城旧府，今声古韵，胜地天骄。

◎ 张晓鹏（扬州）

〔正宫·塞鸿秋〕冶春园

碧檐鼓角轩廊异，青砖黛瓦楼庭魅。品茶清雅诗家会，赏吟豪爽杯酣醉。草庐金字语，曲水流觞贵，护城河岸花香地。

◎ 严登宇（扬州）

〔南南吕·腊梅香〕红桥偶遇

我的乖乖隆地冬，河上飞虹，水里藏龙。小红桥上遇花农，神似欧翁，情似苏公。　〔前腔〕邀请回家饮几盅，樽也倾空，盘也清空。瘦西湖畔浴春风，云醉惺忪，月醉胧胧。

◎ 汪　雯（扬州）

〔越调·小桃红〕红桥修禊

泉溪起调小桥红，修禊传新咏。风雅文人总盈梦。众心同，而今恰似翔鸾凤。墨卿谦恭。勤耕勤种，诗兴意难穷。

◎ 朱广平（扬州）

〔正宫·醉太平〕扬州红桥修禊

河旁画桥，月季花谣，柳枝嫩绿赴春潮，燕莺态娇。骚人墨客齐欢笑，士祯唱和风流号，闲情雅韵颂文豪，词吟昼宵。

◎ 朱正山（扬州）

〔正宫·醉太平〕上巳抒怀

晴明禊祷，上巳香高，群击节韵相交，掷诗接海潮。水迢迢衍波气场春长好，桃夭夭瘦湖柳岸山阴道，月姣姣新词付与玉人箫，振声云未飘。

◎ 朱正宝（扬州）

〔仙吕·后庭花〕红桥修禊

绿杨碧水魂，红桥修禊新。胜景扬城靓，诗朋墨客云。互研询，邀来名士，齐吟今古闻。

◎ 吴献中（扬州）

冶春园雅集赋

癸卯烟花三月，适逢清代扬州推官、诗坛领袖王士禛开启红桥修禊 361 周年之际，为纪念这一诗坛盛事，"2023 扬州红桥雅集"将在冶春园举办，实为近几年来扬州文旅之大观，故为之赋。

修禊者，煮酒吟诗，曲水流觞、涤旧焕新之谓也！上启右军，山阴兰亭之雅集；下承渔洋，绿杨红桥之首唱；赓续东塘，更盛雅雨之轮番。一桥既立，成经典以流传；古今辉映，乃诗城之名川。时光荏苒，阮亭修禊六甲子；涛声依旧，诗潮骀荡又回澜！

若夫岁在癸卯，柳绿花繁，时逢上巳，月朔初弦。天朗气清，惠风和绵，群贤毕至，少长咸欢，雅集于冶春之心，行红桥修禊之礼也。良辰吉午，玉人如仪行香；老者三人携童子六人登场；躬身三揖，柳枝轻拂，作临水洗濯之状；三姐托丹砂，助老者作童子点红之妆。学子齐诵渔洋之句，诗家各吟红桥之章；诵者铿铿，和者锵锵。七弦悦耳，清曲悠扬；唐音宋韵以吟春，琴弹筝拨而流芳！

至若雅集之所，冶春绝胜无双。绿杨城郭，在水一方。曲栏水绘，茅顶格窗，火树银花，扁舟自航。春梅秋菊，满目琳琅。倾樽闻醴醉，悬壶泛茗香。水绘晴云，秾冶入春光。衣香人影，问月登山房。丰市层楼，满汉点美餐。抄手廊，漱红堂，拔地红楼作大观。餐饮醉别墅，城闉问松冈。一桥飞跨三汊水，也是红阑雁齿梁。东引古运河，西送瘦湖舫，南通小秦淮河之水关。推陈出艳十二景，月令花信廿四还；花社茶社共诗社，美景美食美文苑！

噫嘻乎！烟花三月兮，惟扬若节。桃映人面兮，柳垂帘拭。琼花履约兮，遥看如雪。冶春冶春兮，五官并悦。红楼大观兮，扬州一绝。诗家览胜兮，红桥莫缺。南有苧萝之遗踪兮，北有文汇之东壁。三都荟萃云水月兮，岁岁文旅宜修禊！

◎ **焦长春**（扬州）

红桥修禊赋（并序）

上巳修禊，始于西周，承传秦汉，盛于魏晋六朝，至隋唐两宋，修禊之风日盛。犹忆会稽山阴城之兰亭，王谢诸家，诗酒山水，尽显魏晋之旷达，文采之雅奥耶。然其影响之极致，规模之宏大，当数清康乾年间，瘦西湖畔之红桥修禊，前后有四，历时几代。盖因昔日扬州繁盛，诗云："万商落日船交尾，一市春风酒并垆。"遂乃，康熙、乾隆二帝六次南巡。是以，广陵城盐商富贾，于蜀冈湖边争地构园，乃成"两堤花柳全依水，一路楼台直到山"之佳境也！

瘦西湖南有桥，北枕低埠，南临清流。朱栏数丈，横跨两岸，似彩虹卧波，丹蛟截水。春来秋往，丽人登桥，靓妆照水若捧镜自鉴，文人临波，凭栏吊古喜流觞咏怀。时有鲁人王士禛，雅号渔洋，宦于扬州。其人气含珠璧，才为时出，陆离儒雅，照烂文笔。更昼了公事，夜接词人，于康熙元年，开红桥禊褉之首唱，康熙三年继唱。后续者云亭、澹园二公分别于康熙二十七年、乾隆十二年两番赓响。相传，其时北郭清溪一带，即席唱和，兴到成篇者万众。物换星移，时推癸卯。维扬又起禊事，因感红桥古今盛事乃作此赋曰：

天启明媚，冶春意适。芳草桃柳，新鲜弄色。蜂蝶禽鱼，亦怀自得。楚媛来处，眉将柳而争翠，面共桃而竞红；贤士望余，麦黛青而覆雉，苔醲绿而藏鲫。影入清池，花簪碧笠。码头未见渡水人，树下相逢流杯客。

荷香初发，曲槛堪依。红药供吟，青梅酸醋。芙蓉分立，敢问阿谁擎玉杯；竹笋并尖，早把坚心付春堤。新蕊桐花，细核杨梅。闻道绿珠捧琴至，何故文君送酒迟。

庭午方过，琴筝乐起。净手拈香，躬身行礼。垂髫点红，是为开智。黄发濯缨，祓除尘秽。继而，嘉宾分别致贺，雅集仪序肇始。拥笙歌、绮席兴浓；听云霄、瑶池风细。吟诗弹词，娱心养耳。雅言相和，淡描绿叶秋痕；新句闲题，状写青溪春意。满腹诗书，尽洗膏粱余味；一身才猷，径向广庭亲试。问月山房君问月，水绘阁里我绘水。谁将一丸城郭，筑就半天骚垒？今朝群贤相聚，喜白雪歌成，何愁去后，此生少了知己。更吟啸芳菲，宾主同欢，风流直追前辈。禊褉水滨，雅集堂上，酌酒春风里。相约秋来，再向桥边，月下人同醉。

流霞沈水映流觞，杯停何处？天宁寺、御码头。长忆当年阮亭会，桥边置酒帽吹丢。岂负"文章江左，烟月扬州"。紫陌骄嘶金勒马，碧波斜蘸绿杨楼。尊前酒边，吟咏唱酬。

忽听桥下呼召，唤我同登云舟，既入，知见贤达王群、高士王京、夫子树东诸兄，并淮左同门风铃女史等一众士友在座，遂尔倾壶满酌，举杯朗咏："拟把疏狂图一醉，与尔同销万古愁！"

◎ 贾东苏（扬州）

纪念红桥修禊 361 周年　西园会赋

何谓骚坛盛会，诸方儒俊参酌；举世遥看千载，唯瞻绿杨城郭。立红桥而知修禊，坐冶春了数草庐；执玉箫欲依欧柳，拍轻波徐动望舒；敬渔洋之格尚，叹淮左之名都。任狼毫随意念，校当年以书铺；纵章文于不断，留词诗于相呼；化繁晦于清冽，存心契于箧牍。

于是丙申烟花辰月，由诗协引唱，高揭瓯旌。贤达纷至，气正风清；九曲鞚鞳，一路台亭；红红翠翠，燕燕莺莺；喟焉愉悦，畅以共行。刹那、似龙吟凤舞星宇，虎奔豹走平山。抬眼唐宋，低眉珠帘；捧明皓之辉以为墨，秀质暖轩；摘芙蕖之瓣以为简，香芬扑颜；掬五泉之汤以为酒，逸兴歌酬。神弦跳跃，指尖彰宣；温婉苍劲，幽怀豪言。惊八仙落此处，使三变愧新篇。于时西园美然，系以水韵；歌吹壶觞把欢，虽暮色而忘寝。银蟾一弯，斗宿四沁；感倡帮二办劬劳，逐各从自返舍郡。回眸琼音曼妙，还觉和咏飘飘；挥律绝以奋藻，陈俳赋向碧霄；赶尘辙于物外，驾情愫于狂飙。

修道弥远，拓绪侯前；众家遣愿，莞尔思牵。几度放舟史海，篷帆义洒德连。聚五洲之友灼灼，抱四域归墟翩翩；点华灯照亮东阁，燃爆竹响彻云间。红桥修禊，冶春续缘；大运载梦，万古长天。

吟**咏**今日扬州

古城、名胜

◎ 吴献中（扬州）

老街老巷（三题）

新胜街

东出辕门西巷柳，绿杨旅社最风流。

名人不谙慰安恨，飞向延安起义谋。

注：绿杨旅社，曾为日军慰安所。1945年，汪伪飞行员从此出发，驾"建国号"飞机飞向延安。

五福巷

南北双东一巷通，斗鸡五谷改名红。

大师永寿剪花样，福禄生财寿喜中。

注：五福巷曾改五谷巷，后复旧称。巷中有斗鸡场、问亭巷和剪纸艺人张永寿旧居等。

驼岭巷

巷似驼峰百米长，南柯一梦始于唐。

金农寄寓西方寺，八怪唐槐共远扬。

注：唐槐，驼岭巷中有1300年树龄的老槐树。

◎ **蒋寿建**（扬州）

鹧鸪天·东关感赋

古渡东关谁问津？家珍如数客来勤。思源潮涌方行远，对答城头记仍新。

访故里，踏风云。芜城兴废泪留痕。卧薪岂止为尝胆，正气清芬励后昆。

◎ **徐　乐**（扬州）

扬州慢·扬州夏夜

明月城中，玉箫声里，泛舟古渡清川。望桥横丽水，尽影映涓涓。过丰乐、飞虹隐隐，冶春曲岸，隋柳缠绵。绕长堤、灯火倾心，花语悠然。

绣屏若幻，碧波盈、诗境如仙。看绿岛浮云，余香自在，琴韵同欢。袅袅五亭高耸，犹堪恋、绝色青莲。问人间何处，妖娆如此年年？

双东街

情牵百巷贮迷离，烙向侯门万户祠。

雅雨弦风吹不散，琳琅画阁递参差。

史可法纪念馆

神凛资明仰止横，无衣九死独支征。
褒忠榜署梅花岭，铁骨松风破壁声。

◎ **秦玉林**（扬州）

拜谒梅岭史公祠（通韵三章）

一

坟前拜谒史将军，往事如烟梅有心。
挚爱国民人尽瘁，千年永续九州魂。

二

烽火故园成过往，正襟危坐若有思。
扬州现代声名播，欣慰史公赋丽词。

三

携孙登上梅花岭，曲径盘桓芳树丛。
前去祠堂行注目，童心濡沫慕英雄。

◎ **焦长春**（扬州）

题仁丰里百年雕砖重现

雨蚀风磨剥落多，此砖点画独无讹。
春云作土凭谁手，犹记陶工窑上歌。

采风扬州西花园

偶有闲情动逸怀，入园偏忆故人来。
南枝经雨芽争长，时鸟乘晴舌自开。
春去莺花谁是主，风回红翠乱相偎。
分芦手挹香溪水，一洗心眸睫上埃。

◎ **李红彬**（南京）

瘦西湖吟

小桥碧水瘦西湖，岸柳春花扮墨图。
飞燕穿梭晴昼里，清波荡漾画船夫。

〔双调·沉醉东风〕瘦西湖

三月扬州换妆，瘦西湖畔青芳，碧水清，涟漪荡，船踏云影翻波浪。两岸垂杨浴日光，一派盎然春意爽。

◎ 盛树东（扬州）

应天长·情咏东圈门

清溪饮雨，汪苑说盐，飞檐迥驾尘色。石板路边窗牖，看过古今客。风相约，门迎揖。且任我、旧时寻觅。惬望处，夏响青篁，夜点甘食。

灯火醉黄昏，月挂凌霄，秾秀有谁识。飒沓双忠魂地，铿锵倚空碧。城铺纸，街作笔。更待把、玉声矜惜。遣情付，攘攘熙熙，柔条千尺。

注：清溪，清溪旧居，清代经学家刘文淇故居。

念奴娇·广陵古街吟

楼台烟翠，望清波柳钓，石桥虹吐。千载粉墙牵绮梦，捻作萦思交缕。皮市留喧，彩衣藏韵，人影敲商贾。酒香飘过，一杯闲事漫数。

还记十里春风，遣怀俊赏，谁叹珠帘女。巷陌郢声随玉轸，多少骚人仙聚。足踏青砖，眸凝灯夜，襟涌新题句。月中箫吹，怎堪酣意今古。

◎ 吴幼萍（扬州）

夏湖轻舟

远看孤篷像瓣瓜，一篙撑到日偏斜。
西湖虽瘦三生梦，谁与船娘共楝花。

登瓜洲大观楼

古渡风光数景楼，山洪到此势方休。
登高逐目故乡远，东去清波浪托舟。

史可法纪念馆

疾风劲草连高冢，共仰山河碧血流。
岭畔梅花香有泪，庭前银杏叶凝眸。
捐躯为国丹心在，绝命怀忠青史留。
望断扬州千古事，魂安故里史公虹。

◎ **崔成鹏**（扬州）

〔仙吕·青哥儿〕三元巷

三名状元碑记，老街古韵传奇，漫步其中赏景怡。
横贯城区最相宜，文昌丽。

浣溪沙·史可法纪念馆

民族英雄气永存。坚贞不屈誓成仁。精忠报国著功勋。
气壮山河天地鉴，精神风范励今人。梅花千朵祭忠魂。

◎ 顾凌凌（扬州）

扬州古巷

古巷南楼落暖阳，映阶青板见辉光。
阁中故事经年岁，旧梦沧桑已满墙。

◎ 赵家驹（扬州）

扬州老街（三首）

东圈门

吴雪余辉绕旧家，先君载誉泛仙槎。
民思拾级门前仁，古巷尽头饰白花。

石牌楼

曲径幽深不见楼，文心雕琢寄春秋。
大家市隐在闾巷，名气一流识九州。

过史公祠

竹径幽幽依碧水，崇垣阵阵溢梅香。
忠魂坦荡天怜见，不吝尘埃照享堂。

◎ 李建东（南通）

扬州

寻春催我游，花约下扬州。

河古俏佳丽，曲新欢酒楼。

桥低客迟步，诗老景争酬。

最是伤心处，繁华岂可留。

◎ 张忆群（扬州）

满庭芳·瓜洲古渡

古渡明珠，江滨宝石，绵绵诗意难休。扬城风韵，醉美是瓜洲。青绿纷披柳岸，隋堤上、野鹭沙鸥。看芳甸，烟中玉树，遥望大观楼。

锦帆随浪远，沉箱亭外，碧水长流。暮晚时，春江花月清柔。千古盛唐绝唱，再吟诵、沉醉何求。回眸处，河山依旧，灯火伴渔舟。

临江仙·咏运河十二景之高旻禅寺

岚影云光河畔，鉴楼梵塔天中。金围华盖忆行宫。静香天下拜，玉佛众生崇。

祈望满城祥瑞，邀迎人寿年丰。福音缭绕运河龙。经堂禅韵袅，古刹禀姿雄。

◎ **房殿宏**（扬州）

踏青游·春游纵棹园

旭日初升，穿透霓裳轻妙。纵棹园、多姿妖娆。柳丝垂，绿茵茂，莺啼袅袅。倚栏眺。临水四周环抱。清雅自然风貌。

琴弈觞吟，荷深竹枝声悄。洗耳阁、涤除烦恼。假山幽，楼台异，天工灵巧。瑞气绕。石柱龙门鱼跳。诗意艺苑春闹。

安乐古巷颂（通韵）

巷曰安乐气正清，淮左邦都负胜名。

黛瓦青砖藏市井，雕梁画栋显工精。

《荷塘》月色桨声脆，《背影》深重步横行。

经典文章传久远，一片绿意盎然兴。

◎ **朱正山**（扬州）

旌忠巷

旌忠巷接阮家祠，武穆文昌列斗箕。

更有上青存一炬，三星拱照拜三奇。

注：上青，即江上青革命纪念馆。

浣溪沙·打卡双东

打卡双东日未斜，千年古韵泡新茶。横穿时空数名家。

运水清波涵皓月，夕阳帆影抱江花。青藤挂壁篆龙蛇。

◎ 张晓鹏（扬州）

老街东圈门

石板余辉径砌阶，青砖黛瓦古清街。
伟人故宅安居此，怎不思酬感触怀。

扬州慢·扬州老街美食

淮左知名，老城佳味，东关街巷妖娆。过游人趣得，尽归客情调。喜年越、昌隆说甚，盐商阅古，灯市佳肴。况殊荣、皆处欢谐，安享逍遥。

蛋丁炒饭，富春香、酒店笼包。记脆小麻花，老鹅独技，黄珏精料。美食焉能完叙，江淮菜、四膳新潮。览历风光景，扬州百媚千娇。

◎ 吴中联（扬州）

咏安乐巷

小巷清幽灰瓦屋，数竿修竹曳棂窗。
青灯月白诵书夜，曾印当年削瘦庞。

安乐巷中清淡士，诗书仪礼冶芳华。
贫存志气拒嗟食，背影千秋月下遐。

◎ **王先进**（扬州）

东关街

藏龙卧虎知多少，代代精英小巷中。
长乐将军居室在，成基义士后生崇。
清溪旧屋思贤辈，商贾修文立世功。
起潜上青求解放，风流人物看双东。

◎ **周伦章**（扬州）

维扬老街巷

珠帘十里今犹在，黛瓦青砖石板街。
锅碗瓢盆金玉振，家家临水小秦淮。

谒史可法祠墓有寄

光风碧树月常明，梅岭流芳百世名。
国破身家同举火，族亡匹士挈长缨。
使无廉洁清官品，岂有忠贞赴死行。
大义而今盈四海，炎黄一统乐三荆。

◎ **章再书**（扬州）

渔家傲·仁丰里历史文化街区印象

履迹斑斑青石路。扬城历史幽深处。黛瓦青砖千百户。鱼骨布。里坊格局今如故。

阮庙躬瞻怀太傅。旌忠佛寺源头古。雕版古琴研习所。不胜数。仁丰文旅多佳趣。

史公祠

谒冢临祠敬鞠躬，心香一束悼英雄。
拒降抗敌悲犹壮，殉国成仁烈且忠。
霜序魂归金蝶舞，莺时血化岭梅红。
伟名可法彪青史，浩气长存万世崇。

◎ **孙宝龙**（扬州）

题东关街街南书屋

小巷深深藏古韵，青砖黛瓦看双东。
欣逢淑女重门里，趣赏奇珍闹市中。
老屋书香濡翰墨，明轩月色透帘栊。
谁将诗社结山馆，熏得满街唐宋风。

临江仙·走进仁丰里

一代鸿儒清气，三朝阁老仁丰。青砖条石觅仙踪。旧痕留胜迹，古寺忆勋功。

走遍千家门户，犹存阮岳遗风。睦邻崇德乐融融。长街歌不尽，小巷韵无穷。

◎ **朱正宝**（扬州）

漫步仁丰里

揽胜寻幽观古巷，东瞧西望漫徜徉。

临风一曲新时尚，沐日千秋古韵藏。

阮庙家风传道义，旌忠法纪佛光扬。

轮回岁月匆匆过，盛世年华继发光。

凤凰台上忆吹箫·瓜洲古渡公园

银岭穿云，望潮观景，兴来江口寻幽。看杜娘仇怨，苦恨千秋。洲岛参差错落，佳境处、画阁彤楼。登高望，诗乡古镇，醉美瓜洲。

悠悠。翠岚绕雾，奇石伴亭台，憨态神牛。尽镇除妖孽，民泰无忧。清夜春江花月，真靓丽、今古鳌头。伊娄倩，浓浓雅风，拙笔难收。

◎ 汪　雯（扬州）

临江仙·彩衣街

夜月长随深巷，彩衣争舞烟霞。铺中工匠鬓生华。锤余千点火，风动一炉花。

美食长街犹羡，银刀三把堪夸。宾朋来此不思家。行边还作赋，饭后漫煎茶。

夏日平山堂

今宵清韵到高松，夏日香尘续古风。
只道故人天地外，争如山色有无中。
晚来对酒风携月，晓起凭栏云拂空。
奇石庭前思太守，修篁屋后仰欧公。

◎ 黄石盘（扬州）

忆旧游·明月湖

忆城郊野岗，灌木丛生，灯暗人稀。厚遇三春暖，看雨疏风丽，紫燕双栖。一湖恰似明月，清水活东西。步道绕环堤，平桥静卧，鸟语莺啼。

含饴。子孙伴，假日逛公园，携手牵衣。钓者持长竿，惬狡鱼吞食，如醉痴迷。短亭小憩斜倚，霜鬓弈残棋。独自觅新诗，烟波入梦花满蹊。

◎ 戎金朴（扬州）

宛虹桥巷

沧桑历尽成街巷，曲折安怡灿若虹。
楼阁亭台花艳艳，闲庭小院木葱葱。
慎终追远情深厚，传统精神耀眼瞳。
浴火重生曾毁灭，江淮大地立英雄。

◎ 张丽丽（扬州）

木兰花令·皮市街

一道古街南北伫。满目琳琅诗画语。闲静谧，店家忙，各式作坊游客聚。

颠覆旧时新貌溢。文艺沙龙公益室。繁花绿植缀门边，美食茶肆书声碧。

◎ 姜春雨（扬州）

扬州老街

彩衣街

当年巧手剪云霞，今日名厨万客夸。
三把银刀闻四海，宾朋到此不思家。

教场

款款东风杨柳摇，酒娘邀客细声娇。
晚来明月华灯共，一路喧腾压海潮。

◎ **刘修平**（扬州）

书院巷

书院不知何处去，空遗小巷继芳名。
藤深绕屋萦归客，径曲通幽唱夜莺。
晨伴春苗萌雨露，晚随学子摘长缨。
西方寺内金农笔，一叶梅花万点情。

临江仙·忆读高旻寺

昨夜舟停江口，今朝客过三湾。高旻寺里看千幡。晨钟迎日出，暮鼓接僧还。

壮志遨游经海，雄心翻越书山。三年苦读伴窗寒。故人寻旧地，古刹换新颜。

◎ **姜　勤**（扬州）

仁丰里

里坊格局炫唐风，文博遗存最集中。
此地长留鱼骨巷，迎来宾客逛仁丰。

◎ 毕兴来（扬州）

浣溪沙·扬州东关街

街靓东关四里长，飞檐翘角暗雕梁。青砖黛瓦木格窗。
头枕运河千舸驻，腰涵店铺万家商。灯红酒绿醉箫娘。

◎ 祁文帆（扬州）

菩萨蛮·平山堂

风流宛在凭栏处，焉能不忆朝中措。凝目眺金焦，情难厌
墅高。

文章繁茂集，树影婆娑壁。勒石像深沈，犹然思远岑。

菩萨蛮·何园

世稀片石初不识，几经辗转方求得。峭秀映清池，峰奇逐
日迟。

与归堂上啸，骑马楼中乐。风雨涤山林，流波明月侵。

◎ **颜呈华**（扬州）

风情古巷仁丰里（二首）

一

岁月沧桑印迹豪，名人老宅领风骚。
古斋寺院阮公庙，独秀群芳德义高。

二

老街旧巷映千秋，黛瓦青砖雅韵留。
文选楼前思曹李，诗书彰显古扬州。

注：曹李，指唐代曹宪、李善二学者，一门三进士，在此居住过，有称曹李巷。

◎ **邰炎孝**（扬州）

个园

如潮胜侣笑音稠，豪宅轩光一览收。
亭榭临池风缓拂，筠篁绕宅水长流。
曲廊邃洞为型巧，叠石层楼设景幽。
画阁兰园情未尽，冀希翌日再重游。

◎ **何述东**（扬州）

西江月·印象仁丰里

里弄西临汶水，仁丰东傍秦淮。青砖黛瓦石铺街。古朴名声在外。

毓秀钟灵巷陌，引来巨匠贤才。名居重构巧安排。引发诸多感慨。

◎ **柏开琪**（扬州）

鹧鸪天·逛东关

黛瓦青砖入眼瞳。繁华街景聚双东。名牌老店人流涌，可口佳肴菜品丰。

钻里巷，串胡同。光临门市睹兴隆。回还精选心怡物，件件张扬古渡风。

瞻仰史公祠

银杏参天金蝶舞，衣冠冢墓谒忠诚。
督师抗敌功勋著，浴血挥军铁骨铮。
致命鞠躬明立誓，捐躯镇守护扬城。
梅花岭下遗香溢，弥漫人间万古赓。

◎ **王兆根**（扬州）

桃源忆故人·北湖吟

一湖千岛云天阔，岸柳随风轻拂。百鸟枝头欢悦，芦荻花鲜活。

夕阳凌水霞如血，不觉疏星凉彻。欣对一轮明月，酬唱新词阕。

宛虹桥

夜班经过宛虹桥，小巷人稀月色娇。
想到涵秋心激动，耳边掀起广陵潮。

注：涵秋，李涵秋，扬州人，著名文学家，曾在宛虹桥租烟业会馆房子用于写作，创作了《广陵潮》等多部小说。

◎ **鞠景生**（扬州）

瞻仰史公祠

初学行孝名乡里，出仕偏逢异族侵。
独木欲支将倾厦，孤身难挡逐凌金。
衣冠永驻梅花岭，忠义长存故国心。
百世护城河上水，奔流日夜为君吟。

湾子街

月牙斜卧古城东，晓夕犹闻嘉靖风。

前店后坊商贾聚，群贤荟萃话昌隆。

注：湾子街与古城建筑讲究方正不同，斜而长，延续数百年，全国罕见。

◎ **方德福**（扬州）

游仁丰里（通韵）

雨濛漫览仁丰里，千载街区存古风。

太傅阮公留御笔，旌忠寺庙念精忠。

隋炀听法拜陀佛，鹏举挥枪树德功。

曲艺书香小剧场，梨园诗画颂英雄。

◎ **王惠芬**（扬州）

〔正宫·小梁州〕宛虹桥巷（通韵）

小桥绚丽宛如虹，岁月留踪。深藏故事刻心胸，人间颂，城市铸英雄。　〔幺〕扬州崛起新城耸，河流退、街巷如龙。白粉墙，码头众，青砖黛瓦，明月照苍穹。

◎ **杨新华**（连云港）

咏扬州

扬州天下优，风雅且清幽。
江水绕千户，音声传顷洲。
烟花明古迹，雨色润云楼。
何日携诗友，登舟江上游。

◎ **李成杰**（河北）

最美瘦西湖

诗城三月景多新，瘦影西湖最诱人。
碧水清清独秀色，奇观醉倒半天云。

◎ **狄甫宁**（南京）

今日扬州（新韵）

绝美仙都是广陵，瘦西湖水最多情。
文人雅士红桥聚，歌赋诗词唱未停。

◎ 翟立泰（扬州）

大美扬州（通韵）

水清湖瘦红桥畔，悠久运河文化宴。

烟雨箫声柳色新，云霞鹤影梅英淡。

富春味美总馋人，江左才多纷染翰。

擦亮三都大品牌，二分明月耀星汉。

◎ 毛荣生（扬州）

忆江南·扬州美（通韵）

扬州美，景色冠江南。明月二分情切切，琼花一树韵翩翩。
都说境如仙。

春风起，古市绘新篇。追梦城中荣万物，润扬桥上竞千帆。
江水涌斑斓。

小金山

玲珑别致小金山，坐断西湖不等闲。

远近游人争探访，观光赏月尽开颜。

◎ 王梦阳（河北）

望海潮·扬州

白云千里，青钱万贯，何时骑鹤重游？台阁满山，琼花映水，春风骀荡平畴。江绕古城流。更绿杨烟外，廿四桥幽。点破波心，瘦西湖上两三鸥。

生平最爱扬州。念前尘似梦，几度淹留。横笛醉吹，清歌慢唱，细尝盐水鹅头。帘卷竹西楼。更青旗斜挂，落照初收。扶醉平山堂下，至此复何求。

◎ 陈立新（扬州）

画堂春·今日扬州

二分明月古邗沟。曾经多少诗酬。运河潮起泛龙舟。李杜来游。

杨柳枝摇堤上，琼花香绽桥头。骚人何处看飞鸥。今日扬州。

◎ 吴桂林（南京）

蝶恋花·扬州吟怀

甚喜扬州歌竞妩。婉转乡音，月下呼郎赴。亭俏红桥西子慕。船娘吟唱荷花舞。

文化名城功建树。三百余年，韵满春园度。盛世逢缘征雅赋。倾情咏颂新篇谱。

◎ 李相虎（南京）

〔双调·水仙子带过折桂令〕瘦西湖

铃吟白塔啸青云，燕掠莲桥探冶春，鱼侵凫岛传鸿信。长堤坠绿粼，泛舟桃坞烟津。渔歌起，傩舞欣，酒蘸鲈莼。　　〔过〕金山漫写风尘。朗月悠悠，丽日薰薰。桥榭衔天，吹台换景，曲水流茵。柳岸峰峦虎贲，木樨花径梅村。秀咀英吞，荒翠烟横，畅意驰神。

◎ 张新贵（扬州）

扬州老巷

古巷悠悠谁作匾，老铺默默客寻来。
脚逢青石无苔处，光照红门已自开。

◎ 洪茂喜（扬州）

望海潮·高旻寺

禅林翘楚，临河矗立，历沧桑展风流。初建始隋，清朝鼎盛，几经颓废声休。幸雨果绸缪。整治明宗约，瑞气升浮。宝殿恢宏，天塔巍耸夺头筹。

名牌御笔亲勾。集地天浩气，禅韵清遒。楼阁殿房，欣栖地势，高低错落清幽。肃穆俗尘收。晨钟携暮鼓，浑厚悠悠。悟道参禅胜地，旖旎醉朋游。

◎ **杨志才**（扬州）

铁货巷

曾经铁货巷中人，最忆将军老屋真。
抗日八年无旧物，韩瓶一只见精神。

注：韩瓶，南宋抗金将领韩世忠及士兵们饮水所用的陶瓶。
扬州一带时有发现。

毓贤街

华夏从来重毓贤，毓贤街上最流连。
家风淳朴人清正，太傅循循立庙前。

◎ **朱建美**（扬州）

看花回·五亭归诗

五朵莲花不谢芳。其秀非常。比肩西子堪称瘦，碧水澄、
四季琼香。塔铃风叩响，佛系音扬。
妙手东君构画廊。羽舞流光。恰凭今日诗情起，看花回、
索句迭忙。举头明月望，思绪悠长。

佳人醉·茱萸湾

绿地金风贵气。幽境茱萸谈史。忆帝王巡视。邗沟行令，
古运遵旨。小镇湾头得宠，拥风光罗绮。

梅琼蕊。芍红同美。鹅戏碧波，换季芙蓉池里，弥漫清香味。
更堪喜。词诗新卉。共月君心同醉。

安乐巷

朱门静谧住真君，自省修身德立群。
清气长存安乐巷，《匆匆》《背影》是雄文。

◎ **朱加强**（扬州）

维扬古巷

流水小桥三尺巷，青砖黛瓦马头墙。
悠悠历史多遗迹，文化名城四海扬。

◎ **朱广平**（扬州）

扬州皮市街

古色古香街客满，琳琅商品入眸来。
扬州教案可曾记，诗酒花茶味起开。

◎ **王发林**（扬州）

老街老巷

词章诗赋仁丰里，深院高墙史迹留。
元老三朝居室靓，月城小巷驻风流。

◎ **高　扬**（扬州）

忆江南·仁丰里（三首）

一

仁丰里，诗画玉簪横。鱼骨铿锵弹古曲，龙头腾跃发新声。昂首步云程。

二

仁丰里，曹李巷深幽。万卷典藏经日月，数椽家庙映春秋。文选韵长流。

三

仁丰里，诗意醉缠绵。今古楼台琴韵润，东西灵秀画屏妍。朝暮乐流连。

◎ 杨　晟（扬州）

丁家湾大树巷印象

老巷深深盘谷藏，紧邻寄啸好山庄。
七弯八绕巷连巷，万贯千财盐富商。

仁丰里印象

尚记茶炉元宝水，双泉桂浴剪头丝。
禅花银杏旌忠寺，玉韵诗书太傅祠。
文选兴昌曹李巷，雅斋迎赞根雕师。
隋唐坊里仁丰在，依旧繁华惹客痴。

　　注：开水翻滚如元宝，扬州人称"元宝水"。太傅祠，即
阮元家庙。唐代曹宪、李善为《文选》作注，其居住地称曹李巷。
著名根雕大师时鹏成在仁丰里新建"昭文斋"。

◎ 汤　明（扬州）

串游老街巷（通韵）

引市木香牵老巷，斜阳斑彩几流连。
绵延方院探门第，数进徐宅寻后园。
汪氏卷蓬檐下住，无名房客殿中迁。
雕砖石鼓曾经贵，深井宫墙故史延。

◎ 詹玉琴（扬州）

扬州祥庐（通韵二首）

一

东关街巷隐祥庐，精致玲珑小巧殊。
额匾楹联悬雅室，亭台半倚阅诗书。

二

粉墙黛瓦径幽深，别致园林藏异珍。
碧水红桥花弄影，方圆咫尺造乾坤。

◎ 刘仁山（扬州）

老街古韵

古巷深幽韵味陈，任由风雨数年轮。
街南书屋仁丰里，文脉诗香总是春。

◎ 张元良（扬州）

画堂春·彩衣街

东关名巷彩衣街。砖雕珠玉钗。晚清风格建楼台。商贾生财。
百米古居幽境，美肴香味飘来。匠心仙手锦衣裁。游览秦淮。

◎ 王大庆（扬州）

南柳巷

习风南柳驻秦淮，贤聚儒坊博学斋。
何处能寻诗老屋，人间烟火忍轻埋。

注：南柳巷，亦称"大儒坊"，旧有董祠。清代著名诗人
厉鹗曾住过此，有"柳巷南头诗老在"一说。

◎ 秦振武（扬州）

犁头街感思

街用犁头叫，游人兴致生。
乡间有牛作，市井缺农耕。
原本街形似，至今商气争。
繁华未曾褪，风韵满街呈。

◎ 潘顺琴（扬州）

仁丰里赞

巷陌寻常古蕴多，仁丰里弄话春秋。
三朝阁老家风厚，九省疆臣誉满州。
稽首虔诚百姓拜，佛光普照众生讴。

昭明太子编文选，武穆疗伤足迹留。

盘扣剪花非物遗，小门典院有清幽。

今朝鱼骨长街走，韵味随时聚醉眸！

注：阮元有"三朝阁老，九省疆臣"之誉。传萧统曾在后称为"旌忠寺"里组织编写《文选》，岳飞曾在此疗伤。

◎ **杜道遥**（扬州）

四十年后重访六圩古渡

羁旅天涯游子缘，南来北往梦魂牵。

长江依旧东流去，不见当年摆渡船。

◎ **杨　晨**（扬州）

满庭芳·个园

盐阜街头，护城河畔，不虚万竹名园。通幽廊馆，青竹护芳泉。月映竹成个字，卓尔立、环抱东轩。窗开处，亭山四面，观景倚雕栏。

假山分四季，叠堆峻险，曲径通天。听雨阁，几株新柳含烟。千万修篁碧玉，风过处、劲舞蹁跹。情深远，雨添春笋，赞万竹千竿。

桂枝香·谒史公祠

梅花岭上。看几树瘦梅,含苞将放。可法忠心报国,史留悲壮。战袍零乱吴钩挺,炮声隆、殊死争抗。险城难守,灰飞烟灭,衣冠归葬。

四百载、沧桑过往。谒先烈贤祠,忠魂刚亮。敬仰英容,威武气能吞象。旧时堂榭随尘去,现今抬眼朝前望。阵前画角,帐中金鼓,凯歌高唱。

◎ **张孝良**（扬州）

沿运古镇瓜洲行

千年玉带挽京杭,舟楫如梭营运忙。

清曲风行弥四海,诗家墨客汇维扬。

◎ **练庆海**（扬州）

瓜洲古渡

杜氏沉箱怒,多情说未休。

不眠星火处,可是在瓜洲?

◎ **刘有祥**（扬州）

双宁古韵（通韵）

胜似天然造化功，镶珠嵌玉耀长虹。
芳亭伫立红园雅，曲水酣流白塔雄。
三月烟花诗意美，双宁禅寺墨香浓。
冶春侧畔轻舟过，一梦星河响碧空。

◎ **苏延明**（南京）

咏扬州大明寺

漫步栖灵如读史，千秋故事一章章。
南朝古寺三春瑞，隋代浮图九节昂。
追忆鉴真隆佛事，欣嘉太守兴宏堂。
沧桑岁月无情去，换得新颜沐至阳。

◎ 史　旭（扬州）

满江红·史公祠

景仰欧阳，绳祖武、匡持社稷。贤弟子、服膺趋步，肺肝铁石。壮志凌云难解惑，军民涣散今非昔。结"门户"、论旧党新朋，扪心疾。

烽火烈，危旦夕。援饷撤，难飞檄。谢诸生献策，己饥忘溺。入寇骑兵成瓮鳖，江淮黎庶如鱼溢。督师出、救百万生灵，扬城泣。

◎ 俞万安（扬州）

满江红·史可法纪念馆

衣冠坟头，梅岭上、西风肃穆。肠寸断、古枫含血，永垂名录。九死忠魂传世赞，一身气节怜人哭。大无畏、不屈凛然之，为民族。

诞辰祭，祈祷祝。遗像处，长诗读。敬丹心铁骨，爱吾家国。志士仁人肝胆照，将军贤者英雄扑。和平在、不忘旧城垣，精神续。

◎ **程小平**（扬州）

〔黄钟宫·人月圆〕游邵伯梵行寺有怀

隋堤永巷欢游地，梵寺缈晨钟。禅庭清穆，观音慈慧，净土乡风。　　〔幺〕山茶玉魇，夏荷月色，棠棣葱茏。先贤从迹，文华今古，流韵何穷。

◎ **童金吾**（扬州）

谒史公祠

银杏祠前扬壮志，梅花岭下表忠贞。
山河已破身无惜，家国不存心若烹。
浴血卫城豪士胆，捐躯守义命臣情。
万人敬仰铁铮骨，世代流传先烈声。

◎ **赵焕慧**（扬州）

史公祠

风吹银杏落祠边，日映梅花孕岭前。
忠士深情明节义，俊才壮志捍江川。
救民舍命千秋颂，拯国忘身万世传。
时代新征吾辈继，丹心永葆照青天。

文化、生态

◎ 吴献中（扬州）

文旅美扬州

海西淮左读邗沟，青绿蓝黄画里游。

二水波光吴楚梦，三湾帆影汉唐舟。

北湖折柳新联咏，南墅飞桥古渡讴。

东岛凤凰祈万福，西江红树忆真州。

注：二水，指京杭大运河、古运河。

寿楼春·三登万福桥塔楼感赋（通韵）

绿杨多桥墩。有新桥万福，江广难分。大道文昌东进，跨河连奔。双子塔，高凌云。上下层，观光无垠。览绿肺江天，七河八岛，赏旭日黄昏。

扬州眼，江淮心。塑城标宝鼎，双凯旋门。献礼千秋城庆，拨波弹吟。名城月，长沟琴。万福河，今时成真。话新旧桥亭，安澜勿忘冤死魂！

注：1937年12月17日，日军制造了枪杀400多名百姓的万福桥惨案。

沐浴足疗

步上瑶池捏颈腰，推拿拍打撵污条。
理疗天下杂难趾，肉上雕花小角刀。

◎ 徐　乐（扬州）

行香子·赞扬州生态美

凤聚金湾，岛倚新河。伴晴烟绿染婆娑。闲鸥嬉戏，野鹜
灵和。羡水如天，花如海，夕如酡。

镜中移棹，湄边抚柳，画里涵渺渺春波。情牵万福，韵动千陂。
喜人堪居，昼堪醉，夜堪歌。

扬州评话

坊客闲添舒雅兴，翩翩说表座中征。
声惊风鹤形骸放，秀口珠玑贵可承。

扬州绣品

缝金绣碧载娉娉，巧制洇来墨色馨。
满幅玲珑谁刺就，千秋水润蕴钟灵。

◎ 焦长春（扬州）

赋得扬州清曲声

谁家弦响画楼中，细雨发香花正红。
犹看行云横碧落，但听啼鸟唤春风。
险时扣得心同紧，兴处浑如汗共融。
曲罢倾壶酬绝唱，余音绕耳尚飘空。

游凤凰岛兼吟凤凰雕像

凤凰岛上凤凰来，多少林花半未开。
春水聊于谁见赏，梧桐曾是我亲栽。
青枝撩客乃荒竹，小步扶君踏绿苔。
形态栩然长兀立，经年不动致鸥猜。

◎ 吴幼萍（扬州）

扬州清曲

曲水清音泠素弦，浅斟低唱调花鲜。
香檀袅袅和风暖，轻拢琵琶汩汩泉。

◎ **崔成鹏**（扬州）

〔仙吕·忆王孙〕非遗集市（通韵）

匠心之韵绽缤纷，扬派非遗时尚陈。刺绣玉雕工艺深，大师临，展示称奇文创新。

临江仙·生态美渔村

湖泊湖心除水草，达标碧水清幽。凌波鱼跃诱群鸥。自然生态景，骚客画中游。

退养还湖渔禁捕，趸船餐馆人稠。转型渔业解民忧。渔村呈丽景，绿富美名收。

◎ **盛树东**（扬州）

七河八岛生态行

水寒舟渡趣，三月七河行。
风荡烟火去，雨滋兰芷生。
香霞开栈道，笑语杂莺声。
凤聚无人岛，芬菲满沃瀛。

观扬州曲艺而感

话有形神声有腔，百年说表醉维扬。

朱唇吐出绿杨味，皓腕挥来茉莉香。

扇影说公生苦肉，马威震虎啸荒冈。

涛飞舌下飘新韵，柳敬亭中花竞芳。

注：中二联四句分别表述《绿杨记忆》《又见茉莉花》《打黄盖》和马伟的《武松打虎》四个节目。

◎ **顾凌凌**（扬州）

游凤凰岛生态园

拂云晴树郁苍苍，南接长江湖北望。

白鹭轻鸥呼我友，高梧绿竹纳君凉。

青花瓷韵芦飞雪，水岸霞辉凤逐凰。

大野衔图犹吐瑞，淑灵尽遣兆祯祥。

赏古琴清音

山静雁空如水夜，幽香小筑曲江边。

虚窗古调鸣沙渚，危槛清音到客船。

指下风来吹海溢，弦中恨起绕藤缠。

曲终雾雾飘还散，此意随云去复连。

◎ 肖　瑛（扬州）

登万福大桥东塔

烟雨霏微锁塔楼，半空云锦惜俱收。

但看闸口青萍绿，汇入江潮共一流。

◎ 赵家驹（扬州）

踏莎行·江淮生态大走廊巡礼

驾驭春风，携持水气。穿行薄翼长空汇。江淮玉带绕青畴，
遗存修复还新帜。

八岛蓊蓊，七河济济。岸堤治理民安利。晴川向北自过流，
走廊胜景金山峙。

观展有怀

漆　艺

非遗精品浩如烟，雕漆成名西汉先。

艺绝传承冠天下，扬州唯独有因缘。

玉　器

昆仑美石蕴精魂，五德比肩文化根。

鸣佩玉声一君子，堂堂正正走乾坤。

◎ **王兆根**（扬州）

江河大治

接天扬子西来浪，奔涌京杭北往舟。
息捕犁田红鲤跃，退耕还泊碧波流。
远源充沛滋青柳，湿地涵濡舞白鸥。
人水和谐生态美，江河大治泽千秋。

《王少堂》（口述本）出版

整日居家少出门，忘餐废寝乱晨昏。
创编十载书成就，华发飘零剩几根。

注：马伟、王兆根根据李真、徐德明先生合著的扬州评话《王少堂》，编创成口述本，由广陵书社出版。

◎ **房殿宏**（扬州）

赞评书艺术家马伟

手持折扇立台前，身着长衫说巨篇。
举手神形风采奕，出言吐语字腔圆。
荧屏生活天天见，网络追星万万千。
马不停蹄新秀育，曲坛驰骋又扬鞭。

◎ 章再书（扬州）

扬州非遗（通韵）

扬州剪纸

平常一纸赋灵魂，巧妙剪成千样珍。
花鸟兽虫生栩栩，大师手里有乾坤。

扬州刺绣

墨是柔丝笔是针，快钩急刺若通神。
绣成杰作美如画，蝶舞蜂飞来采春。

◎ 汪　雯（扬州）

临江仙引·生态扬州

草绿，水碧，知胜事，共流年。三城已接三环。对夕阳归鸟，衬高树长天。凝霞散彩，一带一轴，无处不青山。

历史古都因水兴，须知退养湖还。指帝城归路，但生态头冠。人文荟萃样板，白鹤弄影安然。

注：三城，指卫生城、园林城、文明城；三环，指城市到城市郊区、内部小城市之间的通达；一带一轴，指一条蓝绿交织的生态文明带。

扬州美食、茶馆

冶春茶社冶春香，问月桥边问月傍。
又去船头风味品，携来糕点共孤光。

◎ **鞠景生**（扬州）

七河八岛赞

当年梅雨陆行舟，十坝归江镇恶流。
欲上柳堤寻旧址，岂知池沼变平畴。
群鱼相戏寒溪浅，好鸟和鸣曲径幽。
七水八分淮左绿，河清海晏意方遒。

登万福塔楼有寄

东风送我上层楼，百里江淮胜景收。
已见郊畦金凤舞，更添城邑巨龙游。
梨花蕊带三更雨，津口帆栖数点鸥。
喜看波光映绿野，同挥翰墨写春秋。

◎ **何述东**（扬州）

楼上曲·登万福桥塔感怀

鸥逐七河波影细。莺啼八岛霞光里。斜日照临摄魄迷。春风点染丢魂痴。

且赞高层思路晰。水绿花明显佳绩。砖窑停产不升烟。荒山披绿变公园。

广陵新城游

桥塔登临兴未休，新城漫步久徊留。

货车西去送资远，高铁南来迎客游。

林立云楼人织乐，栉排花木鸟鸣啾。

腾飞经济呈良态，熊掌同鱼兼顾求。

◎ **张德林**（扬州）

生态凤凰岛

春风化雨润杉林，湿地烟蒲草木深。

若问安闲何处去，凤凰岛内有鸣禽。

扬州雕刻

蓝田美玉弥珍贵，漆器精雕更足奇。

若问刀工谁第一，扬州石刻入非遗。

◎ 孙宝龙（扬州）

金湾大坝

自古黄淮患未休，人为鱼鳖恨悠悠。
孤舟断楫雨中泣，危岸惊涛浪里愁。
历雪经霜伴明月，横刀立马敌潮流。
东湾守得金汤固，十坝归江我最牛。

忆听王丽堂说《武松》

难忘《武松》王丽堂，师承祖业艺名扬。
界方一拍梁山兴，羽扇轻摇水泊昌。
肝胆相逢侑俊杰，刀拳怒向斗豪强。
悬河倒挂风云会，三尺书坛意未央。

◎ 秦振武（扬州）

幸福感怀

三塔三湾运博雄，凌波剪影如双龙。
鸟台看鸟天生美，书屋读书春意浓。
千里运河千载淌，万人观博万情钟。
淮东无愧宜居地，幸福感怀填满胸。

踏莎行·美食之都品百味

美食之都，舌尖文化。扬州炒饭行天下。文思豆腐细如丝，干丝大煮成佳话。

精炼烹调，香怡饪冶。三头宴席人惊讶。珍馐美馔构奇葩。老鹅特产乘天马。

◎ **陈宝安**（扬州）

行香子·江淮生态大走廊

湿地风情，绿在城中。与生态交汇交融。夕阳山色，秋月春风。更美其颜，扬其韵，护其容。

江南烟雨，园林风雅，看五亭桥跨飞虹。运河浪涌，客路相通。对景中景，画中画，水中鸿。

临江仙引·人文扬州

古韵，古迹，因保护，有传承。春风又共潮生。对舜尧功德，衬华夏文明。七河八岛，往复宛转，无处不生情。

扬州阮元之笃学，焦循后世留名。且启人心智，更标举群英。音容化鹤浩渺，岁月似水纵横。

◎ 王大庆（扬州）

扬州慢·漫步北护城河

乔树参天，翠荫遮岸，一泓碧水连湖。挽虹桥拂柳，驻画舫观芙。冶春社、餐英水绘，曲廊衣影，灵气清姝。绿杨邨、芳院标新，巢待栖梧。

看文汇阁，又重修、何止藏书。望古刹天宁，皇家气派，轩殿凌虚。岭上梅花含泪，忠公义、壮志师模。赏沿河风景，银簪连串珍珠。

洞仙歌·贺文汇阁复建

书藏胜景，演重修文汇。映雪囊萤劝人睿。御碑诗、万卷颁谕乾隆。山水苑，高阁凌云集萃。

东壁光射地、烽火邗沟，儒抱残函向谁说？筑梦有群贤、再现流辉，千金掷、有川陈馈。胜锦绣、书香比花香，好气象、维扬尽呈奇瑞。

◎ 吴中联（扬州）

文汇阁

碧水烟波秀，云霞映阁楼。
琅嬛藏卷集，檗纸送香稠。
一代贤良纂，千秋典籍留。
古今风雅地，文气汇扬州。

清平乐·梦里扬州

轻风台榭。绿柳扬州夏。流水小桥花舫驾。红朵圆荷如画。

明月多在莲亭。瘦西湖水波清。梦里广陵最美，行走妙曼诗城。

◎ **潘顺琴**（扬州）

今昔七河八岛（通韵）

滩涂杂草丛生地，泥烂沟横怨不归。

进去难寻旧宅路，出来愁踏故都回。

禽飞振翅悠闲度，鱼跃相欢自在随。

八岛七河生态变，宜居最美占星魁。

◎ **俞万安**（扬州）

锦帐春·春游生态新城

油菜花黄，江淮水漾。看紫燕身轻云上。绿油油，香喷喷，把春天食飨。凤凰歌唱。

万福新桥，百年通畅。兴生态富民两旺。启风帆，摇橹桨。正同酬梦想。未来开创。

剪纸

巧手随心绝技挥，花红纸绿剪芳菲。
窗前贴出人间爱，世上非遗名实归。

◎ **朱建美**（扬州）

绿肺吟

慢赋姜夔千古绝，如今不识道风长。
当初十里烟霞美，此际无边湿地香。
八岛流连芳泽梦，七河幻影紫云光。
欧苏李杜相携返，醉在扬州绿肺乡。

◎ **张晓鹏**（扬州）

〔正宫·醉太平〕听马伟评话《武松打虎》

　林深岘岭，虎吼风生，一家茅店酒佳羹，醉颜剑挺。气神胆壮孤超兴，景阳冈上何强劲，英雄勇跃奋拳声，大虫痛惩。

◎ 邓兴琴（扬州）

锦帐春·凤凰岛（通韵）

宽阔河流，蜿蜒栈道。看水浪拍堤远棹。塔楼直，金坝固，览湖光浩渺。七河八岛。

乱树如林，老藤盘绕。喜生态伊园原貌。凤凰腾，朱诺耀。最人居环保。扬州更好。

◎ 周伦章（扬州）

扬州玉雕

奈何琼琇顾扬州，细镂精雕将眷酬。
花鸟鱼虫诚剔透，江山日月尽风流。
人文国粹千般汇，形貌维新万象彪。
画玉十年难得准，琢磨要有毕生修。

◎ 詹玉琴（扬州）

锦帐春·赞万福大桥

万福新桥，名都胜景。望亭阁楼台辉映。接三河，通六岸，揽湖光月影。跨江连境。

万里通途，五山遥听。看桥下千舟帆竞。凯旋门，高塔顶。有铜牛泰定。安澜百姓。

◎ 祁文帆（扬州）

天下玉，扬州工

细琢精雕成大器，扶摇直上入云庭。
玉皇正道人间拙，惊胜天工语顿停。

记早年听王少堂先生说书

中饭匆匆隔壁催，喇叭下面扎成堆。
力辞力怠其余事，不可不听武十回。

◎ 姜春雨（扬州）

世界运河之都

岸绿流清四向通，长街夜市过江风。
康乾再到应惊叹，故地无从觅旧容。

世界美食之都

能教百里嗅芬芳，万国宾朋赞绿杨。
比较人间稀此味，悬猜妙艺自天堂。

东亚文化之都

唐人巨笔写名篇，宋曲洪钟响尚延。
八怪奇才光未灭，今人正不逊当年。

◎ **朱学铭**（扬州）

忆江南·扬州好（三首）

一

扬州美，景物最宜诗。凤翥龙翔名士出，物华天宝众星栖。月色普天知。

二

扬州利，远近赖通波。商海千年浮巨贾，舳舻历代听笙歌。今日尚鸣珂。

三

扬州力，科技势头强。创意思维标异彩，腾飞经济欲高翔。名望胜隋唐。

◎ **郭金标**（扬州）

沁园春·诗吟扬州六个好地方

美丽宜居，产业丰隆，地换盛装。祝人民幸福，文游共兴，城乡融合，治理春光。绿柳成阴，琼林秀景，六个扬州好地方。鱼虾戏，美七河八岛，明镜荷塘。

烟花三月招商。有百国千州来捧场。赞运河荡漾，邗沟兴旺，鉴真六渡，润泽东洋。蜀冈平山，西湖瘦水，宋夹双关锦绣墙。恒通助，让诗城创建，步入辉煌。

◎ 王发林（扬州）

春江美

交相辉映古扬州，生态长廊胜景幽。
南看彩虹江横跨，北听灵鸟展歌喉。
东来银燕晴空舞，西出蛟龙锦地游。
天赐珠湖淮左美，芳洲白塔颂春秋。

◎ 戎金朴（扬州）

赞大师精品翡翠螳螂白菜

紫绿取材高雅色，天成纹理技超强。
根须精细缠清味，菜叶疏松散翠芳。
栩栩如生姿态绝，萌萌栖息透安详。
螳螂神韵自然跃，创举新奇艺远扬。

◎ 苏简勋（扬州）

颂扬州（古风）

江河交融一名城，千载皓月二分明。
古运河畔三湾绿，连通古城四望亭。
五亭桥下西湖瘦，船娘弹唱绿杨情。

工匠雕刻漆玉器，文人诗画八怪灵。

金奖宜居心欢唱，美食之都久盛名。

与时俱进创伟业，腰缠万亿再鹤行。

◎ 蔡　建（扬州）

行香子·出席百年富春品鉴会感赋

四美倾城，万客垂青。赞双绝、击节三精。淮扬特色，吴楚风情。更古风雅，新风靓，韵风萦。

一书锦绣，众口嘉评。食文化、百廿扬旌。传奇魅力，遐迩飘馨。又辟殊径，放殊彩，获殊荣。

◎ 周永久（扬州）

鹧鸪天·世界美食之都

美食淮扬天下闻。百年老店焕新春。造型精致众凝睇，调味醇和君畅神。

品繁盛，色缤纷。欣尝口福度良辰。诗情难赋红楼宴，一品佳肴迓客人。

◎ 朱广平 （扬州）

扬州玉雕

好似白梅花怒放，恰如碎玉逆风飞。

问谁巧手能雕刻，原是新人入翠微。

◎ 王文岳 （扬州）

画堂春·扬州清曲

弦弹板奏点幽弦。春秋几度婵娟。清新歌舞集芳筵。惊落歌坛。

幕合又开几度，千翻后舞婵娟。旗开得胜又缠绵。好个衣冠。

◎ 杜苏梅 （扬州）

观"说长江韵　唱丝路情"国家非遗扬州曲艺有感

曲艺花开茉莉香，非遗项目志传扬。

悠悠清曲心音绕，朗朗评书虎啸堂。

人偶同台赢绝技，说弹齐表写新章。

长江韵美千秋述，丝路情留世界廊。

企业、乡村

◎ 吴献中（扬州）

多彩恒通赋

恒通者，恒通建设集团有限公司也。全国知名品牌——"恒通集团"。

创业伊始，关注人居；进军运营，风生水起。初试牛刀，"春江花园"拔地；集中供热，圆梦宜居先驱。大厦"金天城"，"芳甸"别墅区，竖起楼宇千万间，赢得好评业主栖。"东西南北中，住房选恒通"！此乃民谚也不虚！

恒通好，好在环保绿。美丽中国，以改善环境为引领；水韵扬州，为宜居生态而文明；绿色发展，与城市同频而共振；节能低碳，以科技创新为支撑。花草四季，"绿色三星"；嘉树名木，亭台轻音。一处小区一园墅，一座楼台一华庭！

恒通好，好在宜居蓝。天蓝，令人心宽；海蓝，可纳百川；居蓝，温馨恬安。恒温恒氧，以"帝景蓝湾"首创；智能智慧，以"北湖蓝湾"臻善。"蓝湾"佳品十二钗，"星辰"之花临水开！入住恒通，安防呵护，物业管家，金牌服务。人车两分流，热水全天候。鸟鸣晨曦迎旭日，人进港湾唱晚舟！

恒通好，好在党建红。初心不泯，誓言在胸。奋进新时代，建功新征程。红色引领事业，丹心陪伴年轮。支部"弘扬"，高管协同；攻坚克难，党员先锋。团队给力，扬正气以融通。民营旗帜，树虽大而荫浓。"时间镌刻不朽，奋斗成就永恒。"

匠心铸就梦想，技能点亮人生！贯彻二十大之精神，恒通人坚定信心谋发展，共克时艰攀高峰！

恒通好，好在垦荒牛。与共和国同龄，从后山村起程。弱冠年华，跨进建筑之门。勤奋拼搏，汗脸灰身，知人善任，步步留痕！退而不休，创业大成。深耕本土五十载，知冷知热懂扬城。智慧人生一件事，只为人居重民生！转型提档，屡屡获奖。富而思源，回馈担当。热心公益，认捐慈善。贾而好儒，人文立碑；当代儒商，实至名归！巨资捐《四库》，功德史志垂！

恒通，亨通！初心永恒，事业圆通！仁者乐山有径，智者乐水有川！高质量发展谱华章！赞曰：

怀梦想以出乡兮，经露宿而风餐。

做能工之巧匠兮，擢工友之领班。

担重任以高管兮，率铁军而建安。

乘国运以自创兮，组恒通之集团。

建广厦以安居兮，引科技而超凡。

恋故土而拓土兮，报家乡而思源。

造总部之智库兮，竖地标而扬邗。

筑生态产业链兮，捐典籍而流传！

施桥口门赋（并序）

施桥者，旧称施家桥也。地以桥名。相传有僧人常在此摆渡过河，被艄公激励而发愿布施建桥，故名施家桥。20 世纪 50 年代末，京杭大运河扬州段新凿运道至六圩入大江。其时在施桥工地掘得唐代木船两只，其一为长 13.65 米、宽 0.75 米、内深 0.65 米的金丝楠木之独木舟（现藏扬州博物馆），足见施桥之历史底蕴深厚。六圩江口，清初有佛感洲（翠屏洲），民国初年至解放后，为客运轮渡码头之所在。后因江流冲刷而崩坍于江，但地名却沿用至今。近日，余有幸再次走进施桥镇采风，感悟沧海桑田、江河依旧之风光气韵，不亦乐乎！爰为之一赋曰：

淮堧名陬，邗沟故地；牛斗星分，鱼盐市集。长淮北下，几遭洪峰之肆虐；田畴汪洋，或沦舟楫而鱼鳖。明清治淮，开五坝分黄引淮以入海；筑十堰泄洪归江而东去。然水患无情，行舟有虞，草堰土坝终不敌水之强势，水难事故亦时有发生焉。

若夫新国既立，伟人召唤。于是乎，兴修水利，治淮安澜。节制大闸，万福桥坚。每每泄洪之时，势若群龙喷浪吐沫，声如春雷滚地作响，一改明清土坝之旧观也。

至若北煤南运，国之大计。江河通运，时所必然。河湖分隔，舟楫往还。大运河嬗变之机遇，花落运东乡。岁在己亥，时维十月，大运河扬城段新辟运道，于湾头分道而流，古运河绕城而过，新航道直下城南，北起瓦窑铺，南抵六圩庄；大凡四十里，新河深且宽。其时，施桥船闸开建，越二载而围栏。八十年代，东线船闸告竣；新世纪之初，三线船闸复通航，货运吨位大翻番，过往之舟楫，顺畅而井然。今日之闸区，建苏北运河南大门之微型公园，浮雕苏北运河之六景，尽显京杭大运河之胜境，首开江河联运梯级船闸之滥觞！

噫嘻，船闸之南十里，即六圩临江之尾闾。款款大运河与浩浩扬子江在此深情相拥，冉冉旭日与匆匆夕阳经此一览无余。若乃六圩，扬人必津津乐道、翻新记忆。康乾时期，有佛感洲，诗人王柳村、盐商钟立斋卜居于此，亭榭参差园，喜若武陵源。阮太傅曾到此题"尔雅山房""曲江亭"，以为枚乘观涛处也。民国早年，邑人卢殿虎筑扬六（清）公路，设码头于此，福泽江淮。后几经还地于江，码头旧址早已不存矣。今日江口西端新建灯塔之园，先后耸立一高一矮两座灯塔，高者六六点九米。每当夜幕降临，灯塔若"江河之眼"，亦如恒星之闪烁，光照十千米夜空，指引千百舸归航。适逢黄昏，余升塔极目远眺：云登北固，金焦浮屠背影历历；浪下南徐，谏壁电厂星光点点；江面上归舟蚕横，轻风微澜。低首回眸：左沙头，右瓜洲，前江流，后横沟；二电厂、扬州港，均近在咫尺；现代企业高大上，东西坐落于江畔。大美之施桥、壮阔之江口形胜绝矣！

呜呼！一赋既成，七绝相辅：

一抹余晖照六圩，远瞭星火对山偎。

江河十字游龙会，舟楫安澜任去回。

◎ **陈佳宏**（扬州）

满庭芳·春醉第七泉

拥抱春天，驱车北进，蜀峰十里花繁。凭山远眺，风起雪吹烟。多少明星巨腕，荟基地、献艺陈园。增丽景，高翔故里，亭榭古枝牵。

叶声扬海外，寿司佳伴，外贸频单。古风韵琴筝，集聚商圈。特色园区初旺，朝前迈、旧貌新颜。樱花绽，浓情漫漫，魅力注甘泉。

卜算子·咏阿珂姆

户外美名扬，情洒云川藏。海外深耕信誉佳，迷彩新蕾放。
放眼五大洲，快把商机抢。百载恢宏靠打拼，恒捧金杯畅。

◎ 徐　乐（扬州）

行香子·沿湖村春色

渌水云天，碧玉桃源。载渔舟缆系心田。知棠依旧，湖荡如绵。
恰花儿艳，鱼儿逐，鸟儿欢。
白帆映带，红英照壁，蕴生机不负群贤。歌添美政，责藉勤肩。
必立新意，开新局，谱新篇。

风光好·五湖美

碧波横。野禽声。秀木参差绿蕙呈。上林耕。
榴红墙画田园静。桃源景。润泽村塘果蔬盈。净香生。

◎ 华干林（扬州）

芳甸赏月（五首）

一

中秋风色最清华，芳甸江流飞瑞霞。
楚水吴山由此接，千年鼎盛逊谁家。

二

通江达海故瓜洲，形势不输万古秋。

飞渡千车云上过，望中百舸共争流。

三

皓魄凌空照水天，凭栏犹忆旧云烟。

共赏春江花月夜，良辰美景自当前。

四

新月良宵旧海门，孤篇一绝两奇文。

琵琶羌笛歌杨柳，更著风流续诗魂。

五

江流近户看芦花，平野星垂河汉斜。

醉后更觉今夜好，诗情乘酒赋清嘉。

◎ **秦玉林**（扬州）

赞施桥光伏产业

芯板架千行，日辉转电场。

渔光湖荡补，浅底鲤鲫翔。

沙漠生丛草，羔羊食嫩秧。

神奇光伏业，能量惠八荒。

◎ 焦长春（扬州）

寄电信人

高塔巍巍夜有霜，流云明月共苍苍。
别来往夕书凭雁，今有电波连线长。

◎ 吴幼萍（扬州）

误桃源·陶然郡吟

小苑隐香气，曲水润花枝。煦风相适宜。醉飞诗。
郡然吐绿意，文旅有生机。更待菊黄日，莫来迟。

临泽梨花

半夜梨花待雨容，飘飘入牖碎千重。
都云临泽清明好，一袖香风味正浓。

◎ **盛树东**（扬州）

大有·诗韵大桥

燕剪春风，柳飘驰目，雨枝凝、烟蕊香透。倚栏望、朦胧岛外湖皱。开元寺塔云中矗，似听得、鉴真钟扣。一首夜月悬吟，千年若虚依旧。

桥亭古，诗酒斗。乡野起梁尘，染濡老幼。花荡文房，满壁鹤鸣梅瘦。史忆白沙曾记，高贤赋、江吞淮口。更欣那、韵果盈今，嘉声凯奏。

注：文房，即书房，也是唐代诗人刘长卿的字。其曾在大桥赋诗抒怀。

◎ **崔成鹏**（扬州）

一剪梅·赞新能源置业集团（通韵）

风雨兼程廿六春。示范楼盘，极致缤纷。高端品质铸成功，特色鲜明，坚守初心。

岁月峥嵘大雅音。舒适豪庭，秀美园林。书香一品映文昌，美第阳光，璀璨人文。

◎ **赵家驹**（扬州）

扬州电信

电讯千家服务中，不虚一项有无空。
经年累月时常想，确保民生自始终。

◎ **顾凌凌**（扬州）

减字木兰花·渔家书房

屋芦低贴。沙涨柴门痕水叠。往日渔儿。晒苇渔忙学未知。
智灯点亮。与礼为邻文藻漾。诗与前方。书满渔家屋有光。

◎ **王大庆**（扬州）

施桥船闸

出入江河一扇门，千舟万载瞩安存。
闸凭智慧通航务，人有才华竞选抡。

◎ **章再书**（扬州）

水韵施桥

交汇江河大坐标，纵横原点是施桥。
东流滚滚烟波阔，北去悠悠玉带飘。
两岸花园开画卷，六圩灯塔入云霄。
闸前雪浪喧腾处，列队轮船正启锚。

◎ **杜道遥**（扬州）

登三江营抒怀

寥廓江天万木秋，长桥横卧水东流。
兵家争战风云地，踏岸难销千古愁。

◎ **汪　雯**（扬州）

行香子·烟花三月咏甘泉

垂柳翩翩，芳草青青。趁花影缭乱啼莺。客怀借锦，诗句余馨。
漫著春味，留春色，赋春声。

破冰嫩叶，风催雨助，且暖风还弄新晴。高垂绿野，相济苍生。
又过清径，窥清梦，向清汀。

◎ 姜　勤（扬州）

如梦令·芳甸别墅

环岛清流宛转。山月江风相伴。豪宅落瓜洲，百户雅居如愿。芳甸。芳甸。魅力恒通展现。

◎ 朱建美（扬州）

新方巷

冬暖沿湖走，感知方巷情。
田园如水墨，院落尤安清。
科技兴村镇，节能标向明。
将军在天佑，合力胜多赢。

◎ 杨志才（扬州）

芳甸

江河交汇处，芳甸出瓜洲。
极目云天阔，放歌草木稠。
润扬游湿地，古渡荡轻舟。
花月春江夜，悠悠情满楼。

◎ 王 榕（扬州）

赞扬州电信智慧食堂

开门头等事，民以食为天。

馐膳盈盘内，明厨亮眼前。

功能多样化，支付一应全。

开拓新思路，餐厅尤占先。

◎ 张德林（扬州）

走进长塘

春光不负到长塘，千亩樱花百里香。

文旅搭台兴业旺，园中经济越重洋。

◎ 张丽丽（扬州）

甘泉樱花

春风樱树醉甘泉，一片芬芳别样妍。

似锦琼葩晖灿艳，含羞玉蕊碧悠然。

绵绵带笑盈莺语，淡淡幽香引蝶翩。

花茂枝繁诗客咏，温馨仪态惹人怜。

◎ **张晓鹏**（扬州）

观赏临泽梨花

垂露繁芳萦梦雨，琼姿翘首艳波彰。
一村兰蕊肥林木，千亩梨园比海棠。
惊喜扬城客芸馥，闻声临泽醉琳琅。
娟娟洁素真含玉，簇簇弘辉若染霜。
花朵树烟凭照径，蝶翩蛙鼓出青塘。
斜钗拂鬓明妃女，春抱舒英俏俊郎。
美质逸身时彩凤，纯情痴水至鸳鸯。
凝脂欲滴谁萧索，妩媚如簪非郁苍。
不问灵均曾傅粉，绝怜荀令爱熏香。
缤纷紫燕耀晶滢，冷秀清珠夺镜光。
残漏浮踪枝影翠，肯随红迹处仙妆。
何容世俗尘泥污，天遣丹图宏锦囊。

◎ **洪茂喜**（扬州）

咏天赋星辰（通韵）

大厦连云披彩虹，品牌遐迩业恢宏。
恒温恒氧秋冬暖，便育便医童叟崇。
屋后房前纵情绿，苑中区外满眸红。
东坡呼友草庐别，入住星辰峻雅拥。

◎ 柏开琪（扬州）

鹧鸪天·致敬扬州电信人

彩信微波越昊空。视频连线笑春风。壮心突破重重阻，锐志铺平路路通。

建伟业，立奇功。国安民利系胸中。超前发力征程赴，无限风光在巅峰。

◎ 詹玉琴（扬州）

今日大桥

古镇新姿耀眼眸，白沙水畔矗高楼。
滨江处处春潮涌，百业千行正劲遒。

◎ 贾东苏（扬州）

恒通采风感记

北湖波动知天赋，一抹蓝湾美玉融。
行遍苏中清丽景，人生只合住恒通。

◎ **戴卫平**（扬州）

扬子蓝城陶然郡感怀

青砖绿竹烟波后，瑞应梅梢入梦余。
扬子桃源欣相识，陶然忘倦可翻书。

◎ **孙宝龙**（扬州）

甘泉陈园

智水仁山各不同，甘泉山水蕴无穷。
枯枝嫩叶千年树，秋菊春桃四季风。
荟萃奇珍成独秀，维新经典赖群雄。
余生若得此间住，愿作陈园清洁工。

◎ **何述东**（扬州）

天仙子·樱花赞

胜雪欺霜栖满树。却有暗香招蝶舞。纷繁馥郁似云霞，凝
朝露。犹带雨。堪比美人娇楚楚。

不慕天香争与伍。尽展芳华幽径处。痴心实意伴春光，熏
风妒。心如故。既许东君甘化土。

◎ 朱广平（扬州）

〔越调·小桃红〕甘泉生态科技园采风

天晴日丽乘东风，只把春情弄。一片芳菲乐欣颂，正嫣红，花开花艳诗词诵。旺春正逢，青葱醉墨，喜气聚怀中。

◎ 张元良（扬州）

赞恒通精神

恒通地产月华新，朗阔舒居惠市民。
四库全书存汇阁，千金善款著精神。
锤镰引领初心路，科技开先绿色春。
生态园林留史迹，维扬旖旎景迷人。

◎ 王发林（扬州）

"诗城扬州"创作基地揭牌有感（通韵）

蓝湾基地掀帷幕，携手诗城喜筑台。
老友新朋佳作诵，弘扬国粹展情怀。

◎ **张成佑**（扬州）

恒通三色文化赞

惠泽民生大义涵，节能环保重研探。
星辰大海凌云志，文企创新红绿蓝。

◎ **周富成**（扬州）

北湖蓝湾（通韵）

北湖风雅入蓝湾，山色波光户牖间。
一轴四庭七院里，康居人寿乐开颜。

◎ **翟立铭**（扬州）

石油钻井工人

男儿志四方，野外钻探忙。
刹把手中握，乌油喷异香。

◎ 高永宏 (扬州)

抽油机赞

瑰丽霞辉染水乡，磕头机下采油忙。
乌金涌入输油管，不论骄阳或雨霜。

◎ 孙军农 (扬州)

采油姑娘（通韵）

三春花满日初长，香径蜿蜒溪水旁。
一路欢歌巡井去，蝴蝶争恋画裙装。

◎ 孙　成 (扬州)

采油一厂观感

真武采风迎日光，诗朋原野踏秋霜。
禾畴晖照眸中灿，稻谷扬波鼻下香。
钻塔机台巍峻矗，输油管道宛延长。
员工竞奉丹心赤，胜过垄间金穗黄。

◎ 童金吾（扬州）

江苏油田采油一厂观感

秋日厂区娱景光，亲瞻工友沐风霜。
驴头升降车船灿，管道蜿蜒油气香。
井架迎阳怀志远，平台倒影亦情长。
群英喜谱创新曲，豪迈歌声胜丽黄。

◎ 缪玉琴（扬州）

减字木兰花·临泽梨花

水乡临泽。燕语莺声鸣晓色。罗袖翩翩。惊见梨花宛若仙。
素心冰洁。摇曳风中飞玉雪。落蕊轻扬。化作春泥也带香。

◎ 陈宝安（扬州）

天骄望

起晓霞光出远天，含霜枫叶更红鲜。
白云片片飞啼鸟，万瓦煌煌映碧泉。

◎ **俞万安**（扬州）

水调歌头·特色五湖村

情注五岔地，爱在引湖天。自然乡土风景，金色喜人间。致富不忘桑梓，带领村民创业，功德两乡贤。幸福上林苑，生态观光园。

集民俗，淘旧物，忆思迁。创新引领，文化墙上绘新篇。寻得提篮工艺，再现推磨劳作，打造旅游田。振兴谋当下，行动敢为先。

◎ **肖　瑛**（扬州）

观赏临泽梨花

玉骨冰肌带雨开，暗香时向我吹来。
碧波池畔清姿影，几瓣飞花点绿苔。

◎ **刘修平**（扬州）

爱心

连云广厦积银财，却把银财育俊才。
不爱添花酬美锦，但求送炭助穷孩。
三千学子寒窗暖，万丈高楼善德栽。
饮水思源当报国，儿年本是苦中来。

◎ 沙宏林（扬州）

江城子·参观新能源置业集团

江山映日好风光。嗅书香，意飞扬。湖伴天骄、相守暖心房。
别墅草坪高雅气，鸿福地，质精良。

公司文化蕴深长。汇长江，贯京杭。自办期刊，名匠话衷肠。
房有灵魂尊品位，如美玉，待情郎。

◎ 张拥军（扬州）

少游村秦家垛

红桥碧水绕秦家，黛瓦青墙掩桂花。
老树一身黄柿子，杂藤犹吊两丝瓜。

◎ 蒋成忠（扬州）

画堂春·临泽赏梨花

杜鹃枝上乱啼春。酣酣莫道游人。幽馨粉蝶也销魂。梦醉
香醇。

恍惚冬行梁苑，迷离雪立程门。梨花飞舞弄缤纷。颠倒乾坤。

◎ **谢子健**（扬州）

临泽微雨后梨花

带雨千枝尽蘸春，凭将素色浣缁尘。
凝香瑞雪难描画，临泽溪边一望新。

◎ **谢良喜**（扬州）

少年游·官垛村览胜

轻阴一路到乡村。芦荡水成文。绿满阳河，香飘官垛，风暖日初昏。

凤凰旧地今犹在，仙迹觅无痕。麻鸭啼时，小舟横处，正合试垂纶。

◎ **徐润群**（扬州）

游大桥镇开元寺

开元古刹海西头，灵隐曾为次第楼。
佛旨雷音迁宝殿，僧言天将憩龙眸。
遭逢劫火凡根净，寥落菩提慧叶秋。
历代诗人遄逸兴，生花妙笔孰能侔？

◎ 张自军（扬州）

暮江吟

长江万里破重关，到此波涛半静闲。
瓜渡船头连海渡，平山堂上觑金山。
月明芦荻沙滩白，云散街衢灯火殷。
今夜酒深诗兴浅，开窗啸起水云潺。

◎ 周冠钧（扬州）

临江仙引·秋题三江营

浪卷，岸远，风正吼，雁犹高。芦花舞动江潮。任日光微漾，
更山影方遥。伫听万古，醉把壮心，谁与赋妖娆。

巨船时过天地换，应知往事难消。忆炮声曾射，证生死鸿毛。
英雄问得在否，近来半是秋毫。

◎ 徐学帅（扬州）

水调歌头·三江营秋兴

双鬓渐星也，昨日梦三江。北来南往东去，终岁自徜徉。极目幽蓝深处，飘逸仍多鸥鹭，千舸与低昂。驻倚梵钟里，时溢稻花香。

毕生事，虽碌碌，亦奔忙。有谁可令，江水回转少年郎。纵使擦肩而杳，幸有青山不老，来日又方长。当下无烦恼，过后不思量。

◎ 严元星（扬州）

题大桥古镇

秋日崔嵬悬白沙，三江水气正清嘉。
临桥徙倚风生籁，望闾交衡岁不哗。
湿地青芜埋画角，禅门香火渡飞鸦。
此行应有高吟处，塔上揽云辞竞奢。

同
词牌吟咏

浣溪沙

◎ 吴献中（扬州）

浣溪沙·步王士祯红桥怀古韵

西园曲水过兰桡。冶春又见小红桥。天厨秀色斗金销。
遥想当年修禊事，衣香人影柳妖鬈。而今不亚旧时潮！

◎ 华子奇（扬州）

浣溪沙·癸卯上巳节，扬州纪念红桥修禊开启 361 周年雅集

修禊红桥几百年。渔洋雅事水弹弦。禳祈沐浴诉心言。
文旅今朝逢上巳，骚人乐诵冶春园。新冠离去喜空前！

◎ 陈佳宏（扬州）

浣溪沙·红桥修禊堪史诗（通韵）

敲钵吟诗铸美谈。宴游九曲飞虹间。芳流千古史诗欢。
三月烟花歌胜景，二分明月绿杨妍。红桥修禊续新篇。

◎ 华干林（扬州）

浣溪沙·新虹桥赋

山色湖光春正明。虹桥飞跨碧波平。桑田沧海几曾经。
修禊风流歌盛世，文人雅士韵多情。一泓清水洗浮名。

◎ 徐　乐（扬州）

浣溪沙·冶春红桥

碧柳遥牵一抹红。花楼掩映冶春东。亭台香影古今同。
曲水新声歌不尽，诗城幸得玉玲珑。过桥人在画图中。

◎ 杨寄华（南通）

浣溪沙·雅集红桥觅古韵

久羡扬州觉梦娇。且披明月聚红桥。诗朋唱和闹良宵。
美食佳肴添雅趣，葫芦妙乐胜笙箫。今人不逊古人豪。

◎ 焦长春（扬州）

浣溪沙·癸卯红桥修禊

曲水红桥花满枝。时逢上巳弄春时。欲吟难免思依依。
情合阶前禽语乐，心随窗外絮飞迟。合当饮酒赋新诗。

◎ **盛树东**（扬州）

浣溪沙·广陵处处"浣溪沙"

春望春波映碧霞。虹桥吐舸水中葩。船歌柳拂享清遐。
两岸芳菲湖蘸破，千枝音影鸟鸣喳。广陵处处"浣溪沙"。

◎ **吴幼萍**（扬州）

浣溪沙·冶春

翠竹轻摇香影廊。一虹横卧水中央。杨花浮动散芬芳。
岁月如诗吹柳绿，春来无处不风光，醉心泻墨谱新章。

◎ **崔成鹏**（扬州）

浣溪沙·三月瘦西湖（通韵）

十里桃花问候亲。如烟春染百花芬。天然秀美景观临。
雁齿虹桥图画俨，和风初度物华新。读湖问柳醉游人。

◎ **赵家驹**（扬州）

浣溪沙·扬州曲艺

天润梨枝细雨时。阶前敛衽步清思。弹词评话动人迷。
端的琵琶流雅韵，可知咫尺醉娇痴。艺高不二足称奇。

◎ 顾凌凌（扬州）

浣溪沙·扬州夜

歌吹轩栏酒满樽。月光待客野浮春。长堤如水柳无尘。
昔日秦淮耕钓地，如今扬子烟霞村。抬眸满是夜游人。

◎ 张忆群（扬州）

浣溪沙·书香扬州

曲径长街溢暗香。柳帘月色透芸窗。扬州最靓是书房。
灯曜媪童疑惑解，泉流才俊镂心翔。玉琼红芍永流芳。

◎ 章再书（扬州）

浣溪沙·纪念红桥修禊 361 周年

日暖莺鸣彩蝶翩。瘦湖微漾似开颜。长堤柳缕拂桃鬟。
玉盏飞花欣盛世，红桥修禊继先贤。八方唱和又千篇。

◎ 王大庆（扬州）

浣溪沙·冶春新修

花社冶春倍觉饶。草庐水绘现红桥。渔洋旧句梦难消。
细品暄新情脉脉，闲窥镜象韵迢迢。乾坤总是逐新潮。

◎ 孙　燕（南京）

浣溪沙·红桥

堤畔琼花玉带流。红桥修禊共春秋。年年骚客下扬州。
蕊沁骨香何寂寞，莺飞草长不闲愁。东风诗雨满亭楼。

◎ 高存广（连云港）

浣溪沙·步王士祯《红桥怀古》纪念红桥修禊 361 周年

自古声名堪一流。置身风物眼无秋。烟花三月胜杭州。
湖瘦宛如飞燕落，景明岂会使人愁。红桥新韵绕亭楼。

◎ 王兆根（扬州）

浣溪沙·步王士祯《红桥怀古》韵

北郭濠河不歇流。淡烟瑶草正清秋。一轮明月照扬州。
绘阁推杯多快乐，红桥唱戏少忧愁。求知更上读书楼。

◎ 杨碧峰（南京）

浣溪沙·红桥（步韵王士祯）

细雨柔风碧水流。运河千古载春秋。红桥修禊话扬州。
柳下奏琴多雅趣，花前吟曲少闲愁。争奇斗艳赛诗楼。

◎ 周伦章（扬州）

浣溪沙·千帆万木竞春暄

明月在心夜夜圆。烟花永驻四时观。江南氤郁透云天。
运水悠悠调合韵，大江浩浩拨神弦。千帆万木竞春暄。

◎ 张晓鹏（扬州）

浣溪沙·纪念红桥修禊

柳绿春浓花更红。瘦西湖映景葱茏。何因锦幕动心容。
骚客笔情千里眼，文殊寄托一尊峰。明珠修禊正襟隆。

◎ 周祥云（南京）

浣溪沙·扬州红桥修禊

画舫悠悠碧水流。诗情画意瘦西柔。湖滨垂柳径通幽。
明月长堤牵锦缆，琼花芍药亦颜羞。红桥修禊美扬州。

◎ 朱建美（扬州）

浣溪沙·虹桥夜色

月色流光诗意浓。玉人雅士影憧憧。冶春管乐古今风。
坐上清茶香缭绕，湖中虹影秀玲珑。扬州故事笑谈中。

◎ 姜　勤（扬州）

浣溪沙·诗渡逢春

古渡公园雨后新。彤云阁外雾纷纷。伊娄河上遍游轮。
柳絮悠悠千里梦，桃花袅袅一江春。吟风浅足最宜人。

◎ 汪　雯（扬州）

浣溪沙·扬州美如弦

九曲栏杆风在弦。七河八岛水鸣弦。三湾三塔月依弦。
退养还湖鱼作景，园林风雅柳如弦。人文高地扣心弦。

◎ 张德林（扬州）

浣溪沙·红桥雅集

两岸桃花格外娇。流光献媚教吹箫。渔洋雅集逐江潮。
千载祥云晴白塔，二分明月小红桥。风云时代看今朝。

◎ 吴中联（扬州）

浣溪沙·今日扬州

碧水绕城浮画舟。风光秀丽冶春楼。亭台廊阁绿杨稠。
再现红桥风雅事，重来曲水赋诗游。韵人骚客聚扬州。

◎ 朱正山（扬州）

浣溪沙·红桥雁影

十里春风约旧游。瘦湖水暖浸兰舟。红桥雁影结芳俦。
时代光华迷醉眼，云端甘露润歌喉。诗城花雨大扬州。

◎ 朱正宝（扬州）

浣溪沙·纪念红桥修禊

三月烟花景最娇。红桥修禊聚文豪。冶春诗社荡诗潮。
古韵新词弘国粹，金声玉律震云霄。诗城今又领风骚。

◎ 毕兴来（扬州）

浣溪沙·红桥修禊

修禊红桥屈子缘。渔洋雅雨创开篇。唱和聚会集英贤。
角韵冶春儒士榭，笙歌曲水媚娘船。长堤春柳醉诗仙。

◎ 朱运镜（扬州）

浣溪沙·红桥雅集

三月春风柳叶裁。暗香浮动万梅开。莓红陌上蝶徘徊。
雅集红桥留美玉，骚人兴会出英才。九皋鹤舞驾云来。

◎ 燕淑清（无锡）

浣溪沙·虹桥雅集

月闪嬉桥境界流。湖光戏岁客嬉鸥。长虹放任气同筹。
时代骚头星布韵，桃花粉黛竞方舟。冶春坐读梦扬州。

◎ 詹玉琴（扬州）

浣溪沙·纪念红桥修禊

花社冶春分外娆。红桥修禊聚文豪。渔洋旧句梦难消。
曲水新声吟盛世，画桡雅韵咏今朝。吾侪再赋广陵潮。

◎ 王惠芬（扬州）

浣溪沙·红桥修禊

日暖花开两岸香。和风细剪柳丝长。冶春三月聚贤良。
芳径诗人寻古墨，轻舟骚客赋新章。红桥修禊九州扬。

◎ 颜呈华（扬州）

浣溪沙·冶春风韵

别墅园林古韵稠。亭台雅角映茶楼。窗含绿柳钓轻舟。
精品淮扬弘特色，花开四季客盈酬。非遗文蕴竞风流。

◎ 朱广平（扬州）

浣溪沙·扬州北湖湿地公园

春水满湖映彩霞。横枝隔岸淡琼花。幽香阵阵散君家。
薄雾岭前斜布幕，青烟渚上漫笼纱。晚归龙岗就清茶。

◎ 蒋成忠（扬州）

浣溪沙·春日

最美人间三月天。春阳杲杲倍情牵。劝君莫负好林泉。
燕语呢喃花放蕊，莺歌婉转草含烟。且行且赏惜芳妍。

◎ 俞万安（扬州）

浣溪沙·冶春红桥

百万粉丝抖网红。文人墨客说西东。一湖春水韵相同。
见过当年诗盛宴，星光月影透玲珑。填词遣句自心中。

◎ 戎金朴（扬州）

浣溪沙·春风十里扬州路

十里长堤绿映红。柳桃相伴沐春风。怡人诗画醉其中。
耳畔呢喃穿语燕，眼前次第掠飞鸿。一湖碧水锁苍穹。

◎ 张宝翠（山东）

浣溪沙·纪念红桥修禊 361 周年

润雨桃花分外娇。含烟杨柳拂红桥。水天溶漾过兰桡。
十里香风寻雅韵，二分明月听琼箫。渔洋穿越看诗潮。

◎ 赵焕慧（扬州）

浣溪沙·瘦西湖春景

三月春风丽日天。名园琼蕊艳芳妍。蜂飞蝶舞绿丛喧。
碧水微澜花舫漾，红桥倩影笛声连。无边景色醉人间。

◎ 王桂华（宿迁）

浣溪沙·今日扬州步韵王士祯《红桥怀古》

名噪江淮活水流。红桥辉映醉千秋。烟波浩渺胜杭州。
点点白帆圆客梦，悠悠紫竹曳乡愁。古今明月挂琼楼。

◎ 严登宇（扬州）

浣溪沙·冶春园夜

月夜玉人弄洞箫。诗家击钵小红桥。吟来春水泛春潮。
香梦娇花樊素口，名湖雅韵小蛮腰。流觞曲水度良宵。

◎ 王　婷 (扬州)

浣溪沙·瘦西湖

瘦水清波漾彩霞。长堤嫩柳映红花。莲桥画舫听笙琶。
十里天香如阆苑，一湖春醴醉诗家。流连不觉日西斜。

◎ 翟立铭 (扬州)

浣溪沙·红桥雅集

楼榭亭台映海棠。长堤春水蘸垂杨。五亭白塔景同框。
客聚红桥观礼乐，船游碧滟逐烟光。冶春园内诵兰章。

◎ 周圣陶 (扬州)

浣溪沙·红桥修禊361周年有寄

此日相逢兴不收。红桥修禊集名流。烟花三月泛兰舟。
隧道纵横通禹甸，天桥卓荦接云楼。往来谁不爱扬州？

◎ 汤　明 (扬州)

浣溪沙·绿杨春光

十里长堤卷绿杨。淡烟流水画屏长。轻舟溪上看风光。
阆苑冶春云渡月，红桥修禊韵留香。新桃旧李满庭芳。

◎ 朱凤英（扬州）

浣溪沙·瘦西湖夜游

夜市千灯照碧空。声光电水雾朦胧。盛唐穿越景交融。
商贾集场呈盛事，花容玉貌露华浓。二分明月玉桥逢。

◎ 张元良（扬州）

浣溪沙·红桥修禊

柳影婆娑烟雾茫。清溪画舫照斜阳。冶春茶社美肴香。
水阁天光浮阆苑，红桥修禊赖渔洋。长虹贯日映辉煌。

◎ 丁小禾（南京）

浣溪沙·修禊更胜当年

词赋红桥吟和涛。韵声律婉白门邀。一腔碧血梦不消。
雅士广陵诗难尽，似曾修禊往年潮。暖春好景醉人娇。

◎ 鞠景生（扬州）

浣溪沙·绿杨逢春

难舍三春半日闲。轻歌短棹水云间。乘风直欲上琼轩。
一曲红桥新著雨，两行绿柳乍生烟。低吟浅酌梦诗仙。

◎ 杨志才（扬州）

浣溪沙·红桥新吟

北郭一新碧水流。葱茏万木映千楼，天光云影见晴柔。
四库曾遭兵燹毁，三都今伴国兴悠，红桥修禊最扬州。

◎ 翟立泰（扬州）

浣溪沙·诗城扬州

绿柳娇花波影浮。红桥曲槛景清幽。白翎翠羽绕游舟。
画卷诗城春永驻，名家墨客喜相讴。烟花三月醉扬州。

◎ 柏开琪（扬州）

浣溪沙·虹桥春常驻

垂柳翠堤春意浓。繁英簇拥小桥红。瘦湖修禊又相逢。
曲水汤汤吟古韵，诗城浩浩咏新风。飞花令续迥途中。

◎ 周政发（扬州）

浣溪沙·红桥春禊

依水楼亭曳柳条。隔窗斜探小夭桃。流光射影漾红桥。
煮酒冶春吟夜月，开怀雅客领风骚。护城河涌赋诗潮。

◎ 吴洪生（扬州）

浣溪沙·红桥雅集

草木返青燕子归。扬州三月正芳菲。红桥雅集诵新诗。
偶听春莺鸣嫩柳，闲观画舫漾清池。名城千载秀丰姿。

◎ 胡建飞（扬州）

浣溪沙·纪念红桥修禊 361 周年

自古诗城名九州。红桥修禊冶春楼。从兹词赋立潮头。
隐者七千沽老酒，故人重叠月悠悠。壶中瑶席写春秋。

◎ 薛宝安（扬州）

浣溪沙·个园

竹石清奇缀个园。门收径窄戏鱼莲。壶天洞海恋人绵。
宜雨轩窗观四季，抱山楼槛跨经年。痴迷孤品落尘寰。

◎ 卢继堂（扬州）

浣溪沙·红桥即景

绿柳清溪绕画楼。谁家少女舣兰舟。烟花撑出破春愁。
日暮曲红衔宝月，龙吟虹卧伴春流。放歌逐浪乐无休。

◎ 王巨莲（扬州）

浣溪沙·冶春园

映水彩虹跨半空。敲窗细雨润春丛。海棠花语泪玲珑。
柳绿桃红千古是，天青浪碧一湖风。吹来骚客酒千盅。

◎ 洪宝志（南通）

浣溪沙·红桥雅集

神韵风行有主张。江楼吟唱忆渔洋。冶春诗句永流芳。
柳浪啼莺迎远客，琼花映水续华章。裁红剪绿颂维扬。

◎ 吕建国（南通）

浣溪沙·癸卯春月红桥新梦

乍暖时芳却嫩寒。扶疏烟柳雾中看。移舟人影隔朱阑。
曾觅彩虹修禊梦，已兴幽径冶春坛。吟鞭青涩向谁弹。

◎ 陈　倩（南通）

浣溪沙·赞扬州再启红桥修禊

朱缎裹腰媚瘦湖。千年雅韵醉骚徒。红兰佳话古今殊。
柳遇春风城郭绿，诗逢禊事冶春苏。渔洋不识美江都。

◎ 黄来芹（南通）

浣溪沙·咏今日扬州兼赞红桥雅集

古运河流碧水清。广陵书画墨香盈。长街十里物华荣。
昔日红桥风雅地，今朝骚客咏诗情。人文盛事播嘉名。

一剪梅

◎ 徐崇先（南京）

一剪梅·难舍扬州

城外东风城里柔。红药当期，绿意初收。天光云影醉晴波，湖瘦舟闲，日暖花幽。

修禊三春独秀楼。几度逢迎，美酒醰头。可曾抛线戏鱼池，拾韵寻诗，难舍扬州。

◎ 杨学军（南京）

一剪梅·正午时分又上楼

雨后春阳分外柔。望中柳翠，梦里霾收。风行三日满湖银，五孔依依，一塔幽幽。

正午时分又上楼。乡愁如味，酒热浇头。拈来旧句说江南，漫问今生，几下扬州？

◎ 吴献中（扬州）

一剪梅·虹桥雅集

　　百炼芜城绕指柔。茉莉琼花，雄秀兼收。春风十里送轻寒，人里摩肩，花里穷幽。
　　曲水微澜烟雨楼。太守盐官，谁占鳌头？渔洋雅雨似相逢，赤了虹桥，火了吴州。

◎ 徐一慈（宿迁）

一剪梅·竹石清幽

　　春雨春风柳叶柔。塔影凝眸，桥下乘舟。瘦湖碧水丽人芳，谁诉衷肠，絮语漂流。
　　墨客骚人堤上游。板桥摇醉，竹石清幽。何园魔幻走长廊，天下称牛，一梦难求。

◎ 李红彬（南京）

一剪梅·过扬州

　　三月春风碧柳柔。白云掠过，绿草抬头。湖船倒影向东流。浪静波平，水阔云悠。
　　烟雨四桥伴翠楼。美味佳肴，时酒香喉。曾经漫步瘦西湖，今日回眸，长忆扬州。

◎ 陈佳宏（扬州）

一剪梅·冶春又涌修禊潮

御码头旁紫气腾。锦绣繁花，簇拥宾朋。飞虹彩练逐祥云，墨客吟诗，笑语欢声。

叟礼庄严点红灯。溯忆峥嵘，颂咏新征。琵琶曲调沐清风，雅集春秋，礼赞诗城。

◎ 徐　乐（扬州）

一剪梅·今日扬州

蘸绿裁红带雨柔。碧水轻牟，湖瘦湾收。平山樱海醉婆娑，芍药盈盈，画舫悠悠。

曲曲清波万福楼。静泊瑶池，蕴藉风流。纵横一路竞回环，魅力诗城，绝美扬州。

◎ 焦长春（扬州）

一剪梅·红桥觞咏

绿水红桥映酒家。燕子横来，柳色藏鸦。画船如近又如遥，北岸游人，南岸香车。

犹忆桥边春日斜。曲水停杯，几泛凫花。诗情元隽兴偏豪，觞也由他，咏也由他。

◎ 郭宏之（南京）

一剪梅·红药桥边

谁敌东风一剪柔。万缕千丝，晴碧难收。寒光渐去翠轻盈，春水朦胧，旧梦还幽。

四海归来再上楼。当年慷喟，忽到心头。江山相晤醉凝眸，红药桥边，问我扬州。

◎ 盛树东（扬州）

一剪梅·维扬处处赵倚楼

柳拂桃枝柳眼柔。万缕芳情，红绿堤收。虹桥吐舸逐春波，船过飘歌，燕过相酬。

处处凭栏赵倚楼。骚兴云端，浪起江头。梦中试问画中人，月下谁吟，千古扬州。

◎ 吴幼萍（扬州）

一剪梅·歌吹红桥

竹外桃花分外柔。千娇百媚，诗绢难收。湖光碧水荡轻舟，一半清心，一半寻幽。

听雨吹歌上玉楼。箫声穿月，塔影扶头。画船旧事赖红桥，千古风流，还数扬州。

◎ **何培树**（镇江）

一剪梅·曲径深幽

湖瘦波平堤柳柔。鸭闹荷间，鱼跃舟头。平山白塔秀琼花，扑朔迷离，曲径深幽。

唤友呼朋上翠楼。碧水粼光，一眼全收。品茶对酒孕诗词，随处皆宜，竞荐扬州。

◎ **崔成鹏**（扬州）

一剪梅·绿水红桥

绿水红桥风景柔。烟柳飞花，目不暇收。春风抹画耀三都，古韵飘香，胜境藏幽。

明月二分映阁楼。寻梦云中，觅句心头。诗城兴会乐无穷，修禊流觞，唱诵扬州。

◎ **佟云霞**（南京）

一剪梅·满院琼花隔墙头

池馆回廊柳自柔。几度歌吹，市井难收。运河千里广陵潮，春涌新篁，翠幕清幽。

纤影三分到小楼。满院琼花，隔个墙头。这番韵事卷珠帘，醉里当年，曾下扬州。

◎ 施 霖（南京）

一剪梅·竹西流韵

淮左名都春水柔。竹西流韵，怀邈难收。一箫明月玉人来，十里湖波，漾梦深幽。

晓看风光翠拥楼。社燕飞回，嘤语枝头。烟花三月最相宜，修禊红桥，俊赏扬州。

◎ 杨碧峰（南京）

一剪梅·扬州红桥览胜

万里东风别样柔。柳荡湖堤，鹊唱枝头。花香人影客如潮，故地重温，雅意频酬。

作赋吟诗上画楼。妙句多多，古韵悠悠。红桥修禊汇兰亭，盛世文明，美景扬州。

◎ 李存山（扬州）

一剪梅·诗城扬州

柳绿桃红化酒醪。曲水流觞，古韵离骚。柔风细雨润琪园，春色烟笼，幽径香飘。

斗转星移趣未消。国粹文昌，邗上诗潮。虹桥修禊著新篇，三月烟花，城郭妖娆。

◎ **赵家驹**（扬州）

一剪梅·三月和风

三月和风诗语柔。柳眼垂帘，棠棣胭收。紫荆堆蕊少妖妍，倾目端庄，低首寻幽。

修褉流觞近阁楼。四库全书，珍庋东头。冶春后社蕴文昌，盛况今朝，好客扬州。

◎ **杜道遥**（扬州）

一剪梅·今日扬州

三月烟花垂柳长。桃李芍药，明媚春光。瘦西湖上踏轻舟，潋滟清波，沐浴朝阳。

明月京华繁盛坊。客旅流连，依恋徜徉。琼楼玉宇接云天，古邑新姿，金碧辉煌。

◎ **张拥军**（扬州）

一剪梅·瘦西湖兼纪红桥修褉

三月长堤细柳柔。碧丝垂水，锦鲤探头。着惊蝴蝶乱分飞，几许涟波，渐远渐收。

芍药妆红为客留。三年空候，独自闲愁。今朝桥畔又花开，如约游人，漫步芳洲。

◎ 顾凌凌（扬州）

一剪梅·依韵焕之红桥觞咏

　　修竹幽兰仙客家。流水万化，拂柳横斜。和弹言畅过红桥，北调南词，入韵堪夸。

　　风咏临觞合凤琶。有作斯文，刊铸韶华。崇情朗抱且随风，昔者长怀，意入云涯。

◎ 蒋成忠（扬州）

一剪梅·三月春光

　　三月轻风拂柳柔。气爽天高，雨霁云收。春光无限瘦西湖，水色盈盈，花影幽幽。

　　北斗璇玑十二楼。喜在心尖，乐在眉头。烟霞万丈向坤元，美了人间，醉了神州。

◎ 苏延明（南京）

一剪梅·富春早茶香

　　烟雨维扬柳色丰。国庆街东，几处桃红。百年茶社沐春风，室室无空，乐乐融融。

　　蟹粉汤包正下笼。烧卖玲珑，春茗香浓。熙熙食客逐芳踪，当是其工，恪守先宗。

◎ **徐润群**（扬州）

一剪梅·画舫逍遥艳扬州

十里西湖水调柔。柳绿桃红，雨霁云收。天连碧草近清明，画舫逍遥，曲径澄幽。

燕语呢喃聚塔楼。春满人寰，翠涨村头。万花拱月牡丹开，溅玉琼花，红药扬州。

◎ **房殿宏**（扬州）

一剪梅·城绿桥红

一树琼花着意柔。满池锦绣，香郁频收。湖光月影镜中流，游客如云，纵棹轻舟。

清曲声声天籁悠。瘦了西湖，肥了亭楼。诗情寄我曲双支，城绿桥红，圆梦扬州。

◎ **张忆群**（扬州）

一剪梅·修禊聚群贤

桃艳长堤瘦水柔。春到蜀冈，阳煦霾收。梅林深处两相牵，花坞流连，竹径寻幽。

墨客文朋正倚楼。桥下波漾，歌起船头。古今修禊聚群贤，也问何时，再下扬州？

◎ 章再书（扬州）

一剪梅·冶春园

绿柳红桥映碧柔。漫倚栏杆，胜景全收。冶春园景焕新容，花影娇妍，树影清幽。

逸韵萦回翘角楼。箫奏三弄，曲唱重头。西湖禊水润诗城，再领风骚，仍看扬州。

◎ 周伦章（扬州）

一剪梅·安居扬州

明月烟花别样柔。月华赏心，花意藏收。最为人静夜清时，春乐其阴，秋乐其幽。

淮左安居栖月楼。宛若云外，却在城头。只为几句小诗迷，归我毋迟，忘我扬州。

◎ 张宝翠（山东）

一剪梅·扬州修禊

廿四桥边春水柔。嫩柳丝飔，红药香稠。兰舟摇荡绿波间，几处啼莺，几点飞鸥。

词客同邀轻雨楼。湖光清景，山色烟浮。咏觞修禊续兰亭，借了春风，醉了扬州。

◎ 吴中联 (扬州)

一剪梅·梦回扬州

梦里春风格外柔。廿四桥边，晨雨才收。碧波柳浪鸟声回，娇艳莲桥，铁马声幽。

日耀熙春台上楼。游人渐多，簇拥桥头。醒来犹自念家乡，最美风光，四月扬州。

◎ 杜苏梅 (扬州)

一剪梅·诗里扬州

拂面春风云水柔。柳绿桃红，目不暇收。清音软语客迎楼，湖上摇舟，月下寻幽。

古运东关老码头。皮市老街，徒步周游。千年诗话月城留。君可常来，诗里扬州。

◎ 姜　勤 (扬州)

一剪梅·吟咏千秋

十里春风自婉柔。吻尽长堤，抚遍琼楼。烟花三月下扬州，远眺观光，近看人头。

癸卯诗城吸众眸。红桥修禊，骚客相酬。冶春旧址缅渔洋，吟咏当今，韵颂千秋。

◎ 张晓鹏（扬州）

一剪梅·三月烟花

春意红桥修禊柔。烟光簇拥，翠秀含收。兴高游客瘦西湖，无不舒怀，行赏寻幽。

古貌冶春河岸楼。风骚亭中，波泛潮头。迎欢各地众贤来，三月烟花，锦绣扬州。

◎ 李同义（扬州）

一剪梅·天上人间

三月烟花运水柔。柳絮飞飘，芍药羞收。成群游客瘦西湖，也到茱萸，凤岛寻幽。

三五成群拥翠楼。围坐尝鲜，口福心头。品茶饮酒菜名优。天上人间，最美扬州。

◎ 朱正宝（扬州）

一剪梅·冶春放歌

柳绿桃红花叶柔。摇翠垂丝，舞影帘钩。烟花三月美扬州。湖瘦波清，乐荡轻舟。

复建红桥景更优。骚客挥毫，雅士风流。冶春诗社放歌喉。手挽霞云，拽住春秋。

◎ 夏明正（扬州）

一剪梅·寻古郊游

扬郡江郊古渡头。水天一色，浪击飞舟。千年古镇竞风流。
六渡高僧，二帝巡游。

银岭塔旁大观楼。锦春吴园，踏月桥头。彤云高阁入诗收。
寻古郊游，当数瓜洲。

◎ 周圣陶（扬州）

一剪梅·十里春风

大国泱泱何处柔？十里春风，四库藏收。湖烟杨柳万千条，
浩渺波涛，广袤明幽。

历代名流聚画楼。修禊红桥，儒雅船头。冶春茶客赏琼花，
若说宜居，最是扬州。

◎ 张　铭（扬州）

一剪梅·大美扬州

一曲扬州音韵柔。南秀北雄，景致含收。烟花三月聚宾朋，
南客湖湘，北客燕幽。

极目江天楼外楼。大堰淮左，扬子洲头。千年名邑美如何？
胜境蓬莱、瀛岛仙州。

◎ 朱广平（扬州）

一剪梅·瘦西湖诗情

瘦水春风嫩柳柔。芍药琼花，美景全收。盈眸胜景绘新奇，
月色凭栏，白塔幽幽。

依旧斜阳照秀楼。波荡诗情，陶醉舟头。五亭桥畔丽人行，
谁更多情，吟颂扬州。

◎ 洪茂喜（扬州）

一剪梅·美誉扬州

月上东山夜色柔。璀璨花开，旖旎光收。西湖水瘦静清时，
翠柳依依，箫曲幽幽。

雅士欢欣聚画楼。笑挂眉间，情溢心头。吟诗作赋颂文昌，
声震长空，美誉扬州。

◎ 张新贵（扬州）

一剪梅·三月春色

三月桃花分外柔。阳光明媚，五彩丰收。白杨垂柳笑东风，
飞燕呢喃，掠过晨幽。

春色满园喜出楼。盼得光荣，响了名头。欣逢春雨贵如油，
润物无声，沐浴扬州。

◎ **秦振武**（扬州）

一剪梅·美在扬州

大运之都美景柔。通江达海，患去殷收。邗沟千古照常流，碧水粼粼，源处幽幽。

候鸟不离栖息楼。乐不思蜀，活跃枝头。东关街上客摩肩，美食文传，尽在扬州。

◎ **王　榕**（扬州）

一剪梅·诗意扬州

树树琼花竞婉柔。珠蕊朵朵，玉蝶魂收。波光潋滟古邗沟，弱柳梢低，流水幽幽。

一枕红桥接画楼。冶春茶浓，浸润街头。盛筵重赋士祯词，江岸熏风，又绿瓜洲。

◎ **朱建美**（扬州）

一剪梅·爱扬州

独倚瑶窗月色柔。心事无由，思绪难收。发丝轻染鬓霜留，云亦悠悠，情亦幽幽。

笙乐又吹冶色楼。雅在廊头，韵在琴头。红桥修禊古风歌，爱我家乡，颂我扬州。

◎ 王发林（扬州）

一剪梅·扬州好地方

　　古运长河碧水柔。花美景娇，惊艳芳洲。清波扑岸吻隋堤，柳浪涛涛，古道深幽。

　　银岭穿云映塔楼。云帆高挂，叠石桥头。游人远眺览三湾，水秀春新，好地扬州。

◎ 朱运镜（扬州）

一剪梅·春满扬州

　　三月清风丝柳柔。湖滟舟摇，花艳晴收。红桥盛典古今传，史也悠悠，情也幽幽。

　　贤聚琼楼雅兴稠。诗和亭台，鹊唱枝头。遥看仙鹤挟风来，霞满长空，春满扬州。

◎ 孙宝龙（扬州）

一剪梅·诗城扬州

　　一树桃花照水柔。岸柳轻飚，飞雪难收。春晖透隙向林溪，玉石生辉，曲径通幽。

　　四库全书满画楼。相约春江，明月当头。诗城雅集聚贤才，千里同声，齐诵扬州。

◎ **柏开琪**（扬州）

一剪梅·烟花三月聚扬州

沐浴阳春风日柔。眺眼遥观，胜景皆收。吹台白塔小金山，翁钓情浓，凫戏清幽。

环顾四桥烟雨楼。尺咫园间，久远源头。邀君故里览名湖，三月烟花，欢聚扬州。

◎ **薛宝安**（扬州）

一剪梅·烟花修禊

湖瘦堤长垂柳柔。过眼游船，侬曲心收。晴云白塔说繁华，拾级莲桥，移步桃幽。

台上熙春倚石楼。琴踏窗前，月走枝头。烟花修禊正逢时，名噪兰亭，绝胜扬州。

◎ **汪 雯**（扬州）

一剪梅·红桥冶春词

凭丈东君遍陇头。梅催嫩绿，柳弄轻柔。红桥传诵冶春词，儒雅持觞，谈笑风流。

唱到情深韵转幽。水驿灯明，月转城楼。仙人骑鹤带祥云，万贯腰缠，又下扬州。

◎ 汤　明（扬州）

一剪梅·红桥修禊寄思

明月二分银雾柔。弱柳依依，瘦水怀收。停舟泊渚冶春园，古杏遥遥，苔径通幽。

绿萼红桥接画楼。修禊歌远，香韵酣头。问君尺素几多长，千里运河，吹浪扬州。

◎ 陈立新（扬州）

一剪梅·凭栏广陵潮

杨柳春风轻且柔。晨曦微露，晓雨初收。庭前紫燕正双飞，芍药离离，芳草幽幽。

何处闲情独倚楼。凭栏东眺，古渡桥头。广陵潮水弄清波，无限风光，今日扬州。

◎ 詹玉琴（扬州）

一剪梅·修禊聚今朝

十里春风拂柳柔。一路繁华，美不胜收。烟花三月客如潮，画舫轻舟，曲水清幽。

明月二分照秀楼。几度歌吹，陶醉桥头。名园修禊聚贤才，吟咏今朝，诗赋扬州。

◎ 翟立铭（扬州）

一剪梅·修禊续先贤

一脉春波縠皱柔。翠柳红桃，美不胜收。熙台塔影映晴光，花径逶迤，鹤屿深幽。

箫管清音绕画楼。凫戏桥边，莺唱枝头。红桥修禊续先贤，词客遥襟，畅赋扬州。

◎ 杨志才（扬州）

一剪梅·春

千载邗沟明月柔。杨柳依依，云水悠悠。春风如约海西头，大道环城，曲径通幽。

满座高朋画阁楼。怀古蹉跎，谈笑风流。红桥修禊又新篇，华美诗章，赞我扬州。

◎ 张德林（扬州）

一剪梅·烟花三月

一树桃红万朵柔。舟楫穿梭，美景全收。莲花桥上笑声多，游客频频，白塔幽幽。

湖瘦波平映水楼。翠柳依依，绿了枝头。烟花三月正相宜，明月诗城，照亮扬州。

◎ 潘顺琴（扬州）

一剪梅·游陈园

翘楚陈园别样娇。辟径寻蹊，造宅私豪。天工巧夺妙精伦，古意犹存，独占风骚。

叠石莳花工匠操。古树凌霄，童子砖雕。金丝楠阁世间寥。漫步流连，醉赏琼瑶。

◎ 戎金朴（扬州）

一剪梅·纪念红桥修禊361周年

三月烟花诗意柔。桃舒夭姿，鸟展香喉。琼花芍药正逢时，吐蕊含馨，欲绽还羞。

一抹朱红跃眼眸。柳戏清波，水荡兰舟。前贤修禊月曾同，今古繁华，阅尽风流。

◎ 朱正山（扬州）

一剪梅·烟霞醉目瘦西湖

柳岸嘤嘤细语柔。霁色初开，雾气全收。烟霞醉目瘦西湖，玉女妖娆，香影清幽。

胜日歌吟震小楼。墨洒云端，韵绕山头。诗花烂漫蝶纷纭，一束文光，点亮扬州。

◎ **王玉鸣**（扬州）

一剪梅·红桥雅集

　　淮左名都暖煦柔。红桥修禊，虹彩云收。冶春诗社数风流。河漾清波，香影廊幽。

　　石壁流淙忆画楼。百年垂柳，又绿枝头。气清景艳好时光，花月邗江，夜醉扬州。

◎ **胡建飞**（扬州）

一剪梅·吃在扬州

　　古运河边水上游。柳绿袅娜，客上兰舟。半城黛瓦半瑶池，两岸桃红，数里春柔。

　　楚泽塞鸿落笔头。南写东篱，北写东楼。红桥修禊举杯歌，乐在扬州，吃在扬州。

◎ **王闻大**（扬州）

一剪梅·逐梦扬州

　　缓缓东风故意柔。瘦水初肥，夜雨初收。纤纤杨柳荡悠悠，燕剪莺梭，语暖情幽。

　　明月二分照凤楼。玉女吹箫，廿四桥头。喜看盛世起春潮，击钵兰皋，逐梦扬州。

◎ **方椿荣**（扬州）

一剪梅·烟柳邗沟

　　烟柳邗沟云水柔。两岸青黄，春种秋收。满仓鱼米逐波流，林木苍苍，碧浪幽幽。

　　紫气盈盈绕玉楼。极目虹霓，廿四桥头。三湾故道瘦西湖，四海名都，江左扬州。

◎ **潘步云**（扬州）

一剪梅·雅集唱扬州

　　杨柳娇娆烟水柔。雨霁晴融，景放寒收。疏篁远岸隔皋洲，雎逐啁啾，鹭梦幽幽。

　　笛奏晨溪箫夜楼。韵乐歌欢，村里街头。流连客住待中秋，修禊扬州，赏月扬州。

◎ **鞠永斌**（扬州）

一剪梅·诗韵扬州

　　和煦春风三月天。水秀山清，百卉争妍。携妻游逛北城河，燕舞莺歌，情满人间。

　　仙境冶春绮梦圆。客影衣香，水绘名篇。虹桥修禊汇群英，曲赋诗词，唱和空前。

纪
念
红桥修禊活动纪实

◎ 王　群 (扬州)

纪念红桥修禊开启 361 周年
2023 扬州红桥雅集在冶春园举行

烟花三月的扬州冶春园，新仿建的红桥与香影廊相映生辉。2023 年 4 月 22 日（农历三月初三，上巳节），由江苏省诗词协会为指导单位，扬州市文广旅局、扬州市文联、扬州扬子江集团主办，扬州市旅游协会、扬州冶春餐饮公司、扬州市诗词协会承办，扬州市朗诵协会、扬州市曲艺研究所、扬州市沉香协会协办的"纪念红桥修禊开启 361 周年，2023 扬州红桥雅集"，在扬州冶春园隆重举行。

古代文人将饮酒赋诗的集会，称为"修禊"。361 年前，清代扬州推官、著名诗人王士禛等在扬州举办的"红桥修禊"，是中国诗歌史上颇有名的盛事之一，也开启了扬州文化史上规模最大的诗咏活动。

今年烟花三月，适逢扬州文旅重大项目北护城河冶春园景观提升、文汇阁复建竣工正式对外开放。诗城扬州的护城河畔，文汇阁、冶春园参差错落，仿建的红桥飞跨两岸，重现王士禛笔下"红桥飞跨水当中，一字阑干九曲红"的胜境。在此佳处"纪念红桥修禊，吟咏今日扬州"，有着特殊意义。这既是一场弘扬传统文化、繁荣中华诗词的诗坛盛事，也是一次助推文旅融合、建设文旅名城的重要活动。

在重现当年红桥修禊的开场表演中，一位香道师首先行香致礼，三位老者携众童子在悠扬的古曲声中上场，作行礼、洗濯状，并为童子点红。童子用稚嫩的声音齐诵王士禛的《冶春绝句》："红桥飞跨水当中，一字阑干九曲红。日午画船桥下过，衣香人影太匆匆。"

中华诗词学会副会长刘庆霖，河北省诗词协会副会长张雷，江苏省诗词协会副会长徐崇先、子川，扬州及省内外的诗友代表参加了当天的雅集活动。刘庆霖、张雷、徐崇先分别致辞并朗诵了本人诗作。

本次红桥雅集活动通过网络现场直播，有数万诗友、网友在线参与。扬州市诗词协会诗词文化专家和全国诗友在线互动交流。

此前，中华诗词学会会长周文彰确定主题、扬州市诗词协会牵头组织的"纪念红桥修禊，吟咏今日扬州"主题征稿活动，受到中华诗词学会、江苏省诗词协会的重视支持和全国诗坛广泛关注，包括一批诗坛名家作品在内的省内外来稿逾 2000 首。本次红桥雅集活动，朗诵了部分来稿佳作。

中华诗词学会会长周文彰为本次活动作《扬州红桥雅集赞》："护城河漾小红桥，似见当年修禊潮。诗乃维扬基底色，冶春园景又添娇。"江苏省诗词协会会长、省政协原主席蒋定之作《一剪梅·扬州旅寓》："千里春风千里柔，烟水溶溶，云去霞收。兰皋芳草正清明，近处离离，远处幽幽。燕子低回燕子楼，暖了人间，翠了村头。西湖虽瘦画船多，若问相宜，三月扬州。"雅集现场朗诵的诸多诗词名家唱和两位会长的和诗，引发大家浓厚兴趣。

雅集现场还演唱了原创诗词歌曲《江城子·瘦西湖》。来自扬州虹桥诗社、淮左诗社、瓜洲镇诗文社和竹西小学的四位基层诗社作者朗诵了个人诗作。

诗词吟诵，是一种介于朗诵和歌唱之间的歌咏形式，能使传统诗词的声律美和意境美更为完整地展现。在这次雅集活动中，市诗词协会顾问、83 岁的吴献中老先生和扬州大学文学院刘勇刚教授的诗词吟诵，充分展示了传统诗词吟诵的艺术魅力。

唐诗，是中华诗词的一个高峰，唐代的著名诗人大多到过扬州，写下无数关于扬州的诗词。到了清代，曹雪芹的祖父曹寅又在扬州天宁寺主持刻印了《全唐诗》，使唐诗与扬州结下不解之缘。由扬州市曲艺家协会会长、国家一级演员、牡丹奖获得者包伟演唱的扬州清曲《唐诗联唱》，受到大家热烈欢迎。

"诗城兴会乐无穷，修禊流觞，唱诵扬州。"361 年来，清代诗人红桥修禊的风雅与情怀，早已深深融入扬州文化的血脉之中。今天的诗城扬州，到处充满诗情画意，春光明媚，诗意盎然，诗人兴会更无前！

在本次红桥雅集活动的最后，全场诗友和观众起立，共同朗诵唐代诗人李白和徐凝的著名诗句："故人西辞黄鹤楼，烟花三月下扬州""天下三分明月夜，二分无赖是扬州。"

◎ 水易　鹤影（扬州）

烟花三月的一场文化盛会
——"2023 扬州红桥雅集"活动散记

烟花三月在扬州，文化盛事喜连连。

4 月 19 日上午，古城北护城河畔，复建的扬州文汇阁，《四库全书》入藏并正式对外开放。时隔 169 年，"书阁"相会，再现盛世繁华。

4月22日下午，北护城河畔再现盛事。紧邻文汇阁的冶春园，"2023扬州红桥雅集"再现361年前的"红桥修禊"盛况，把文化扬州的底蕴展现得淋漓尽致。

修禊：诗城扬州当其时

"修禊"的古老习俗源于周代。农历三月上旬"巳日"这一天，人们相约到水边沐浴、洗濯，借以除灾祛邪，那时候把它叫作"祓禊"。后来，文人在这个时节饮酒赋诗集会被称为修禊。历史上颇具盛名的修禊是"兰亭修禊"和"红桥修禊"。

公元353年（东晋永和九年三月三日），王羲之与名士谢安、孙绰等人，于会稽山阴的兰亭水边，做流觞曲水的游戏。他们一边喝酒，一边作诗，发表时论，即兴写下的诗编成了诗集《兰亭集》，众人推举王羲之写序。千古不朽的书法杰作《兰亭集序》就这样诞生了。宋代文豪欧阳修和他的学生曾巩等人，在安徽滁州琅琊山"醉翁亭"也曾有过"曲水流觞"的文酒游戏。

真正波及全国范围、影响了几代人的修禊活动，是清代康乾年间扬州瘦西湖畔发生的"红桥修禊"。

"红桥"位于今瘦西湖南端，始建于明末崇祯年间。开红桥修禊先河的，是清代著名诗人王士禛（王渔洋）。康熙元年（1662）春，他与扬州名士集于红桥，众人"击钵赋诗，游宴不息"。王士禛作《浣溪沙》三首，其中有"北郭清溪一带流，红桥风物眼中秋。绿杨城郭是扬州"。康熙三年（1664），王士禛第二次红桥修禊时，作《冶春绝句》二十四首，流传甚广，时有"满城争唱冶春词"之说。

康熙二十七年（1688）三月三日，年届不惑的风流才子孔尚任在广陵期间，又一次发起了"红桥修禊"，为戏剧史上的不朽名作《桃花扇》提供了丰富的创作素材。

乾隆三年（1738）十月十七日，浙西词派的领袖人物厉鹗与扬州诗人在秋日畅游瘦西湖，留下了一组《湘月》词作，后人视为红桥"秋禊"。杭州诗人汪沆来到扬州看望老师厉鹗时，与三位诗友一道泛舟湖上，诗文相和，写下一首"垂杨不断接残芜，雁齿红桥俨画图。也是销金一锅子，故应唤作瘦西湖"，唱响了"瘦西湖"这个秀美的名片。

乾隆二十二年（1757）三月三日，时任两淮盐运使的卢见曾（卢雅雨）主持的红桥修禊规模最大，郑板桥、金农、袁枚、罗聘、厉鹗等名士均曾参与。各地依韵相和者竟有七千人，最后刊行的诗集达三百余卷，并绘《虹桥览胜图》以纪其胜，红桥修禊的美名传遍了大江南北，成为中国诗歌史上的盛事。

王士祯开启红桥修禊361年后的烟花三月，恰逢扬州文汇阁再现芳容、北护城河景观整体提升，冶春园的红桥与香影廊相映生辉。此时此地，扬州市诗词协会发起并承办、有关方面鼎力支持的"纪念红桥修禊开启361周年，2023扬州红桥雅集"，正当其时，意义深远。这既是一件弘扬传统文化、繁荣中华诗词，承上启下的诗坛盛事，也是一次助推扬州文旅融合、建设文旅名城的重要活动。

纪念：名家诗友声声情

今年2月下旬，扬州市诗词协会开始策划红桥修禊开启361周年纪念活动，并于2月28日向中华诗词学会会长周文彰汇报了活动创意，得到首肯。

3月1日，周文彰会长即作《扬州红桥雅集赞》。3月4日，周会长对扬州市诗词协会的活动策划方案全文作了详细修改，特别是将活动主题定为"纪念红桥修禊，吟咏今日扬州"，并把活动分为两个阶段：一是面向全国主题征稿，二是4月22日（上巳节）在扬州举办雅集活动。3月9日，江苏省诗词协会会长、省政协原主席蒋定之同意省诗词协会为本次纪念活动指导单位。同日，扬州市诗词协会发布"纪念红桥修禊，吟咏今日扬州"主题征稿启事。

3月12日，中华诗词学会副会长张存寿、信息部副主任武立胜来到扬州，并到红桥雅集活动现场踏勘指导。江苏省诗词协会副会长子川等此前也来到扬州指导。

3月20日，周文彰会长在南京参加有关活动时和扬州市诗词协会常务副会长王群会面，又对纪念活动细节给予具体指导。

在这之后，范诗银、罗辉、高昌、林峰、刘庆霖、沈华维、孔祥庚、武砺旺、包岩、张存寿、周达等中华诗词学会领导，宋彩霞、段维、张金英、郭星明、赵英、马翠、张雷等诗词名家和兄弟省市诗词协会会长，蒋定之、江建平、徐崇先、子川等江苏省诗词协会领导，相继发来主题诗作。据统计，全国各地诗友来稿总数2000首以上，扬州市诗词协会共编发"纪念红桥修禊，吟咏今日扬州"主题来稿专辑16期。

4月11日，扬州市诗词协会发布红桥雅集纪念活动抖音直播预告和短视频邀请赛启事，并于4月16日在冶春园组织了实景诗词朗诵、古装古筝箫演奏及旗袍、汉服走秀等场景，供10多家视频团队拍摄制作短视频。

与此同时，扬州市诗词协会召开会长秘书长办公会，就节目编排、邀请嘉宾、接待安排、媒体宣传等做了分工安排，各项工作都在紧张有序准备之中。

雅集：传承人文精气神

4月22日，癸卯三月初三上巳节，春风拂面，令人神清气爽。上午，全国各地游客在这里排座品尝扬州早茶，本地的"民俗"微游和"非遗"珍玩，让游客们惊喜连连。

下午3时，修葺一新的扬州冶春西花园，繁花似锦，高朋满座。中华诗词学会副会长刘庆霖、培训部办公室主任薛玉忠，《中华诗词》编辑部副主任胡彭，河北省诗词协会副会长张雷，江苏省诗词协会副会长徐崇先、子川等贵宾，在活动主、承办方领导陪同下，沿护城河一路走来，寻访御码头、水绘阁、香影廊、冶春诗社、红楼大观园的诗影文踪。他们在冶春园红桥前合影后，一路缓缓进入西花园。这里，已经是欢声笑语、诗情洋溢了。

纪念红桥修禊开启361周年，2023扬州红桥雅集活动，在浓浓的香火气、微微的春风里，准时开场了！

只见一位香道师首先登台焚香，遥祈祝福。扬州市诗词协会的赵家驹等三位老者率众童子踏着悠扬的古乐，向着苍穹、向着山河、向着先贤三方躬身行礼；仿古人弯腰"洗濯"，祈祷除灾祛邪；三位老者还分别为童子额头点红。这是对当年红桥修禊场景的重现，表达了对先贤的崇敬，对中华传统文化的虔诚，对四方宾朋的谢意。

接下来是稚嫩的童声朗诵王士禛《冶春绝句》"红桥飞跨水当中，一字阑干九曲红。日午画船桥下过，衣香人影太匆匆"，展示出中国的诗词文化生生不息，让红桥修禊纪念活动完全进入"雅集"的情境。

刘庆霖、徐崇先、张雷等嘉宾应邀走上平台，面对诗人、诗友们热情致辞。他们分别代表中华诗词学会、江苏省诗词协会、兄弟省市诗词协会，向活动表示热烈祝贺，并即席朗诵了个人诗作。他们共同宣布："2023扬州红桥雅集开启！"

在优雅古朴的古筝曲伴奏中，朱祥、余跃、葛云、黄雪松、顾凌凌、孙毅、吴幼萍等朗诵老师，现场朗诵了周文彰和蒋定之两位会长的诗词作品，以及省内外诗词名家和诗友的和诗。他们的朗诵，诵演交融，或激情澎湃，或娓娓道来，赢得诗友们的阵阵掌声。

接着，现场表演了扬州市诗词协会原创诗词歌曲《江城子·瘦西湖》演唱，由词作者扬州市诗词协会徐乐、曲作者胡琼分别朗诵、演唱。朗诵老师朗诵了来自北京、湖北、新疆、浙江、宁夏、江苏等地诗词名家和诗友的主题来稿诗作，焦长春、胡建飞、洪茂喜、小学生刘思媛，分别代表扬州淮左、虹桥、瓜洲、竹西小学等基层诗社，朗诵了自己的诗作，让大家感受到"诗城扬州"的活力。

扬州市诗词协会老会长、83岁高龄的吴献中老先生和扬州市诗词协会副会长、扬州大学教授刘勇刚，现场分别吟诵了王士祯的名篇《冶春绝句》和李白千年传诵的《黄鹤楼送孟浩然之广陵》，展示了传统诗词吟诵的艺术魅力，赢得在场专家和家乡父老观众的阵阵掌声。

扬州市曲艺家协会会长、扬州清曲"非遗"传承人、全国曲艺"牡丹奖"获得者包伟闪亮登场，清丽委婉的扬州清曲《唐诗联唱》，把红桥雅集纪念活动推向高潮。

纪念活动临近尾声，全场诗友与观众起立，集体高声朗诵唐代诗人李白和徐凝的著名诗句：

"故人西辞黄鹤楼，烟花三月下扬州。"

"天下三分明月夜，二分无赖是扬州。"

这一诵，诵出了"诗城扬州"的千年底蕴和"文化扬州"

的精气神!

演出在肖瑛老师调度下井然有序。吴献中老先生的《冶春园雅集赋》，对本次雅集活动有绝妙的描述：

若夫岁在癸卯，柳绿花繁，时逢上巳，月朔初弦。天朗气清，惠风和绵，群贤毕至，少长咸欢，雅集于冶春之心，行红桥修禊之礼也。良辰吉午，玉人如仪行香；老者三人携童子六人登场；躬身三揖，柳枝轻拂，作临水洗濯之状；三姐托丹砂，助老者作童子点红之妆。学子齐诵渔洋之句，诗家各吟红桥之章；诵者铿铿，和者锵锵。七弦悦耳，清曲悠扬；唐音宋韵以吟春，琴弹筝拨而流芳!

◎ **丁新伯**（扬州）

春风相约忆红桥

烟花三月，春风十里。古城扬州，盛事连连。古运河畔，冶春园下，红桥飞跨，诗声朗朗。"红桥飞跨水当中，一字阑干九曲红。日午画船桥下过，衣香人影太匆匆。"一首首诗词朗诵声，穿越百年，又在古运河畔，在北护城河下，在扬州古城的时空中，悠悠吟响。久违的红桥，在冶春门前长长的河堤两旁修建耸立，游客、市民们在那里热情地打卡；闹中取静的冶春园里，香气缭绕，古曲悠扬，身穿汉服的儿童，牵着稚子手臂的长者，在那里声情并茂，吟唱着，吟和着。小小的园子中，无人机在空中飞舞，现场直播；相机、手机忙个不停，高低错落拍摄；嘉宾们、游客们欢呼着，在为一个个节目喝彩。原来，这里在举行一场活动"纪念红桥修禊开启 361 周年，2023 扬州红桥雅集";原来，这里在举办一场聚会：全国各地的诗词协会代表、扬州市诗词协会的诗友们正在唱和，再一次打造红桥雅集。园子不大，但热气升腾。北护城河的整修打造，冶春园现时的繁盛风貌，与红桥雅集的热火举行相映成趣，为烟花三月的扬州又添了一抹亮丽的春色。

冶春，和着春景、春色、春雨，在春风的吹拂下，带着久违的诗词乐音，一下子热闹起来，新仿造的红桥也一下子成为扬州的网红。重塑胜景，又吟诗韵，为烟花三月添彩，为古城扬州歌唱，成为扬州市诗词协会的使命担当。他们看到，冶春十二景修复完好，红桥气韵生机勃发，今日扬州古今辉映，此时此刻，举行一场红桥雅集，真是天时、地利、人和、政兴；他们想到，中国是一个诗的国度，扬州是一座诗意的城市，想当年，唐代150多名诗人吟咏扬州诗篇435首，清朝初年曹寅在扬州天宁寺编修《全唐诗》；看当今，扬州文汇阁复建完成并正式对外开放，阁内收藏《四库全书》再现"书阁合一"盛况。盛况与胜景，相会在扬州，相遇在冶春，在世界读书日来临之际，在朱自清读书节开展之时，举行一场红桥雅集，是一件多么有意义的事！这是与361年前的红桥修禊约见，这是今人忆念先贤的最好方式。传承扬州优秀传统文化，扬州市诗词协会就从"2023扬州红桥雅集"开始。想到、说到，就要立即行动起来。从今年年初开始，诗词协会就开始向中华诗词学会报告，周文彰会长亲自定题"纪念红桥修禊，吟咏今日扬州"，随后向全国发布主题征稿活动，受到全国诗坛广泛关注。一下子，省内外来稿逾2000首；一时间，中华诗词学会的多位专家领导、全国各地的诗词协会诗友纷纷唱和。扬州市诗词协会公众号连续编发16期微刊，推介选登作品。4月22日，农历三月三，一场全国诗友关注的"红桥雅集"举行了。

说到"红桥雅集",不能不说到红桥修禊。扬州昔日"万商落日船交尾,一市春风酒并垆",吸引无数文人墨客来这里尊前酒边、吟咏唱酬,形成了扬州传统的文采风流。康熙年间,扬州推官渔洋山人王士禛在瘦西湖红桥边主持了两次"红桥修禊",连作了《冶春绝句》二十四首,开启了诗酒酬唱的风雅盛事,其《冶春绝句》更在扬州引发了一种"冶春唱和"百年赓续的文化胜景,孕育了人人竞说"扬州冶春"文化名片。直到今天,王士禛留下的"绿杨城郭""冶春"这两个佳词,扬州人无不耳熟能详。后来,时任两淮盐运使的卢见曾主持的红桥修禊,各地依韵相和者竟有七千人,最后编辑出的诗集达三百余卷,并绘《虹桥览胜图》以纪其胜,红桥修禊的美名传遍了大江南北,成为中国诗歌史上的盛事。可见,扬州是一座富有诗情画意的城市,是一座负有盛名的诗城,毫不夸张,毫不虚饰,真是实至名归,名副其实。回顾历史,就是更好地面对当下。当年的红桥修禊,呈现了扬州的盛况;当下的红桥雅集,凸显了扬州世界运河之都、世界美食之都、东亚文化之都的兴旺景象。在红桥雅集举行之际,2000多首诗词从全国各地涌向古城,再现当年盛况。中华诗词学会会长周文彰作《扬州红桥雅集赞》:"护城河漾小红桥,似见当年修禊潮。诗乃维扬基底色,冶春园景又添娇。"江苏省诗词协会会长蒋定之作《一剪梅·扬州旅寓》:"千里春风千里柔,烟水溶溶,云去霞收。兰皋芳草正清明,近处离离,远处幽幽。燕子低回燕子楼,暖了人间,翠了村头。西湖虽瘦画船多,若问相宜,三月扬州。"雅集现场朗诵的诸多诗词名家唱和的诗词,别具一格。众多诗作,既有冶春十二景的吟咏、古城扬州文化风貌的吟唱,更有着今日扬州新成就、新变化的吟歌；既有扬州区域内诗友的深情表露，也有着全国各地诗友们对扬州的久久向往，更有着曾经在扬州工作的诗友们的感念与抒怀。是的，扬州忆，忆的是千百年来扬州的厚重历史、灿烂文化、人杰地灵、繁华富庶，期待的是未来的扬州更加富强、文明、和谐、美丽，在历史上重塑兴盛、繁盛、鼎盛的模样，再展中国式现代化扬州新实践的昌盛繁荣富裕的气象。

红桥雅集，短短一个多小时，但余味绵长，余韵悠长。"诗城兴会乐无穷，修禊流觞，唱诵扬州。"361 年来，清代诗人红桥修禊的风雅与情怀，早已深深融入扬州文化的血脉之中，融入扬州子民心中。4 月 17 日，《扬州日报》刊载了《冶春唱和直到今——扬州冶春肇始于王渔洋"红桥修禊"的"冶春唱和"》的长文，从中我了解到红桥修禊的古往今来，了解到诗城扬州的时代变迁。在这张报纸上，我更看到 80 多岁的扬州文化学者吴献中先生新近撰写的《冶春园雅集赋》，赋中对"修禊"由来进行了叙写，让读者、诗友们对红桥修禊有了更深刻的了解与掌握。赋云："烟花三月兮，惟扬若节。桃映人面兮，柳垂帘拭。琼花履约兮，遥看如雪。冶春冶春兮，五官并悦。红楼大观兮，扬州一绝。诗家览胜兮，红桥莫缺。南有苧萝之遗踪兮，北有文汇之东壁。三都荟萃云水月兮，岁岁文旅宜修禊！"期待年年岁岁在冶春园举行雅集活动，期待扬州文化更加兴旺发达，在我们这一代人中再次走向高峰。是的，我们热切期待，我们共同打拼，"三都荟萃云水月兮，岁岁文旅宜修禊"！

春风和煦，春意盎然。也许，今年的红桥雅集规模不算很大，但在诗城扬州史上，在扬州文化史上，在当代中国诗歌史上，可以写上不可或缺的一笔。

春风相约：在冶春，在红桥，在扬州，不久的将来我们再次相聚，遇见更加美好的扬州，遇见更多诗情澎湃的诗友！

◎ 陈　咏（《扬子晚报》紫牛新闻记者）（南京）

声名堪比"兰亭修禊"，扬州隆重举行红桥雅集，纪念红桥修禊开启 361 周年

4 月 22 日，农历三月初三，上巳节。古城扬州秀美的护城河畔，景观提升、整治一新的冶春园内，刚刚复建竣工开放的清代七大藏书阁之一的文汇阁旁，新仿建的红桥与香影廊相映生辉。"纪念红桥修禊开启 361 周年，2023 扬州红桥雅集"，在这里风雅举行。

361 年前的"红桥修禊"，声名堪比"兰亭修禊"

2023 扬州红桥雅集由江苏省诗词协会为指导单位，扬州市文广旅局、扬州市文联、扬子江集团主办。今年烟花三月，适逢扬州文旅重大项目北护城河冶春园景观提升、文汇阁复建竣工正式对外开放。《扬子晚报》紫牛新闻记者现场看到，诗城扬州的护城河畔，文汇阁、冶春园参差错落，仿建的红桥飞跨两岸，重现了曾在扬州为官的清代杰出诗人、文学家、诗词理论家王士祯笔下扬州"红桥飞跨水当中，一字阑干九曲红"的胜景。

新近开放的文汇阁

扬州市诗词协会常务副会长王群介绍，"修禊"，为古代民间于春秋两季在水边举行的一种祭礼，有祛病祈福的寓意。

后古代文人将在风雅之处饮酒赋诗的集会，也称为修禊。据历史记载，公元353年的三月初三，四十多位官宦文人应东道主会稽内史王羲之邀请，齐聚于会稽郡山阴城（今浙江绍兴）之兰亭，饮酒、赋诗、观山、赏水，王家、谢家、袁家、羊家、郗家等魏晋以来显赫的家族要员毕至，群贤云集，曲水流觞，饮酒赋诗。后王羲之汇集众人诗文成集，乘兴作《兰亭集序》，文采灿烂，千古流传；更兼书法劲健，气势飘逸，被后世推为"天下第一行书"。兰亭修禊，自此四海闻名。

361年前，王士禛等在扬州举办的"红桥修禊"，参与者多达万人，是扬州文化史上规模最大的诗咏活动，也是中国诗歌史上和"兰亭修禊"齐名的盛事。

省内外名家诗友来稿逾两千首，现场朗诵部分佳作

在此佳处举办2023扬州红桥雅集，既是一场弘扬传统文化、繁荣中华诗词的纪念活动，也是一次助推文旅融合、建设文旅名城的重要活动。

文艺表演

记者注意到，在重现当年红桥修禊的开场表演中，一位香道师首先行香致礼，三位老者携众童子在悠扬的古曲声中上场，作行礼、洗濯状，并为童子点红。童子用稚嫩的声音齐诵王士禛的《冶春绝句》："红桥飞跨水当中，一字阑干九曲红。日午画船桥下过，衣香人影太匆匆。"

中华诗词学会副会长刘庆霖，河北省诗词协会副会长张雷，江苏省诗词协会副会长徐崇先、子川及江苏省内外的诗友代表，参加了当天活动。扬州市诗词协会诗词文化专家和全国诗友在线互动交流。

老者携童子参与活动

据介绍，"纪念红桥修禊，吟咏今日扬州"主题征稿活动，收到包括一批诗坛名家在内的省内外人士来稿逾两千首。本次红桥雅集活动，由市朗诵协会专业人员现场朗诵了部分佳作。

周文彰会长诗赞雅集，牡丹奖得主"清曲唱唐诗"

中华诗词学会会长周文彰为本次活动作《扬州红桥雅集赞》："护城河漾小红桥，似见当年修禊潮。诗乃维扬基底色，冶春园景又添娇。"

江苏省诗词协会会长、省政协原主席蒋定之作《一剪梅·扬州旅寓》："千里春风千里柔，烟水溶溶，云去霞收。兰皋芳草正清明，近处离离，远处幽幽。燕子低回燕子楼，暖了人间，翠了村头。西湖虽瘦画船多，若问相宜，三月扬州。"

风雅红桥

雅集现场朗诵的诸多诗词名家，唱和两位会长的和诗，引发大家浓厚兴趣。雅集现场还演唱了原创诗词歌曲《江城子·瘦西湖》。

来自扬州虹桥诗社、淮左诗社、瓜洲镇诗文社和竹西小学的四位基层诗社作者朗诵了个人诗作。

专业人士表示，诗词吟诵，是介于朗诵和歌唱之间的歌咏形式，能使传统诗词的声律美和意境美得到更为完整展现。记者看到，雅集活动中，市诗词协会顾问、83岁的吴献中老先生和扬州大学文学院刘勇刚教授的诗词吟诵，充分展示了传统诗词吟诵的艺术魅力。唐诗是中华诗词的高峰，唐代著名诗人大多到过扬州，写过扬州。到了清代，曹雪芹的祖父曹寅在扬州天宁寺主持刻印了《全唐诗》，使唐诗与扬州结下不解之缘。活动现场，由扬州曲艺家协会会长、国家一级演员、牡丹奖获得者包伟演唱的扬州清曲《唐诗联唱》，把大家带入"唐诗里的扬州"。

活动尾声，全场诗友和观众起立，共同朗诵唐代诗人李白和徐凝的著名诗句："故人西辞黄鹤楼，烟花三月下扬州。""天下三分明月夜，二分无赖是扬州。"至此，本次红桥雅集完美结束，画上句号。

附录

◎ 王士祯（清）

浣溪沙·红桥怀古（三首）

一

北郭清溪一带流，红桥风物眼中秋。绿杨城郭是扬州。西望雷塘何处是，香魂零落使人愁。淡烟芳草旧迷楼。

二

白鸟朱荷引画桡，垂杨影里见红桥。欲寻往事已魂消。遥指平山山外路，断鸿无数水迢迢。新愁分付广陵潮。

三

绿树横塘第几家，曲阑干外卓金车。渠侬独浣越溪纱。浦口雨来虹断续，桥边人醉月横斜。棹歌声里采菱花。

冶春绝句（二十四首）

一

东城辛夷劝金卮，西城杨柳垂烟丝。
眼底风光竟无赖，那能聊欠冶春诗。

二

今年东风太狡狯，弄晴作雨遣春来。
江梅一夜落红雪，便有夭桃无数开。

三

野外桃花红近人，秾作簇簇照青春。
一枝低亚隋皇墓，且可当杯酒入唇。

四

红桥飞跨水当中，一字阑干九曲红。
日午画船桥下过，衣香人影太匆匆。

五

东家蝴蝶作团飞，西家流莺声不稀。
白苎新裁如雪色，潜来花下试春衣。

六

扬州少年臂支红，桃花马上柘枝弓。
雏风前姹雕翎响，走马春郊类卷蓬。

七

锦帆何日到天涯，宫监来时事可嗟。
几处凄凉作寒食，酒痕狼藉玉勾斜。

八

三月韶光画不成，寻春步屧可伶生。
青芜不见隋宫殿，一种垂杨万古情。

九

荡舟齐出小秦淮，夹岸朱栏覆水涯。
可怜波上鸦头袜，遮莫花前龙角钗。

十

髯公三过平山下，白发门生感故知。
欲觅醉翁呼不起，碧虚楼阁草离离。

十一

东风花事到江城，早有人家唤卖饧。
他日相思忘不得，平山堂下五清明。

十二

三尺蜻蛉系柳枝，要渠冲破碧琉璃。
拂尘惊见明窗底，谁写东堂旧日诗。

十三

坐上同矜作达名，留犁风动酒鳞生。
江南无限青山好，便与诸君荷锸行。

十四

海棠一树淡胭脂，开时不让锦城姿。
花前痛饮情难尽，归卧屏山看折枝。

十五

筇杖方袍老谪仙，威仪犹复见前贤。
蓬莱三度扬尘后，坐阅春光九十年。

十六

当年铁炮压城开，折戟沉沙长野苔。
梅花岭畔青青草，闲送游人骑马回。

十七

钱塘张髯诗绝伦，雍州孙郎笔有神。
云间洛下齐名士，白岳黄山两逸民。

十八

杜陵老叟穷可怜，犹能斗酒诗百篇。
今朝何处垆头卧，知有人家送酒钱。

十九

彭泽豪华久黄土，梁溪歌舞散寒烟。
生前行乐犹如此，何处看春不可怜。

二十

华林马射事成尘，遗老飘零折角巾。
被禊洛滨名士尽，却来江左看余春。

二十一

莫将陈迹吊榛荆，歌板淋漓四座倾。
为报参军身已饮，今朝不暇赋芜城。

二十二

寂寞园林花覆苔，停桡休遣棹歌催。
桃苏髻子新梳掠，三五池亭斗草来。

二十三

故国风光在眼前，鹊山寒食泰和年。
邗沟未似明湖好，名士轩头碧涨天。

二十四

永和之岁暮春月，王谢风流见典型。
好记甲辰布衣饮，竹西亭子是兰亭。

◎ **孔尚任**（清）

红桥（四首）

三月三日泛舟红桥修禊

康熙戊辰春，扬州多雪雨，游人罕出。至三月三日，天始明媚，士女祓禊者，咸泛舟红桥，桥下之水若不胜载焉。予时赴诸君之招，往来逐队。看两陌之芳草桃柳，新鲜弄色，禽鱼蜂蝶，亦有畅遂自得之意。乃知天气之晴雨，百物之舒郁系焉。

杨柳江城日未曛，兰亭禊事共诸君。
酒家只傍桥红处，诗舫偏迎袖翠群。
久客消磨春冉冉，佳辰引逗泪纷纷。
扑衣十里浓花气，不借笙歌也易醺。

扬州

阮亭合是扬州守，杜牧风流属后生。
廿四桥边添酒社，十三楼下说诗名。
曾经画舫无闲柳，再到纱窗总旧莺。
亦有芜城能赋手，烟花好句让多情。

红桥

红桥一曲绿溪村，新旧垂杨六代存。
酒旆时摇看竹路，画船多系种花门。
曾逢粉黛当筵醉，未许笙歌避吏尊。
可惜同游无小杜，扑襟丝雨乍消魂。

泛舟红桥探春

船船争渡水西东，画意亭台看不同。
丝柳仍存萤苑绿，板桥全为酒旗红。
人随舞社匆忙燕，歌趁吹花次第风。
都笑使君尘满面，轻衫也入冶游中。

◎ 卢见曾（清）

红桥修禊（并序四首）

扬州红桥自渔洋先生冶春唱和以后，修禊遂为故事。然其时平山堂废，保障湖淤，篇章虽盛，游览者不能无遗憾焉。乾隆十六年辛未，圣驾南巡，始修平山堂御苑，而浚湖以通于蜀冈。岁次丁丑，再举巡狩之典，又浚迎恩河潴水以入于湖。两岸园亭，标胜景二十，保障湖曰拳石洞天，曰西园曲水，曰红桥揽胜，曰冶春诗社，曰长堤春柳，曰荷浦薰风，曰碧玉交流，曰四桥烟雨，曰春台明月，曰白塔晴云，曰三过留踪，曰蜀冈晚照，曰万松叠翠，曰花屿双泉，曰双峰云栈，曰山亭野眺。迎恩河曰临水红霞，曰绿稻香来，曰竹楼小市，曰平冈艳雪，而红桥之观止矣。翠华甫过，上巳方新，偶假余闲，随邀胜会，得诗四律。

一

绿油春水木兰舟，步步亭台邀逗留。
十里画图新阆苑，二分明月旧扬州。
空怜强酒还斟酌，莫倚能诗漫唱酬。
昨日宸游新侍从，天章捧出殿东头。

二

重来修禊四经年，熟识红桥顿改前。

潀汉畅交灵雨后，浮图高插绮云巅。

雕栏曲曲迷幽径，嫩柳纷纷拂画船。

二十景中谁最胜？熙春台上月初圆。

三

溪划双峰线栈通，山亭一眺尽河东。

好来斗茗评泉水，会待围荷受野风。

月度重栏香细细，烟环远郭影蒙蒙。

莲歌渔唱舟横处，俨在明湖碧涨中。

四

迤逦平冈艳雪明，竹楼小市卖花声。

红桃水暖春偏好，绿稻香含秋最清。

合有管弦频入夜，那教士女不空城？

冶春旧调歌残后，独立诗坛试一更。

编后记

清代扬州推官王士禛等在扬州举办的"红桥修禊",是中国诗歌史上颇为有名的盛事之一。2023 年是红桥修禊开启 361 周年,适逢扬州北护城河文汇阁复建、冶春园景观提升竣工,"红桥飞跨水当中,一字阑干九曲红"的胜景重现。在中华诗词学会、江苏省诗词协会的支持指导下,扬州市诗词协会发起并承办"纪念红桥修禊开启 361 周年,2023 扬州红桥雅集","纪念红桥修禊,吟咏今日扬州"活动。这次活动既是一件弘扬传统文化、繁荣中华诗词,承上启下的诗坛盛事,也是一次助推扬州文旅融合、建设文旅名城的重要活动。

本次活动中,周文彰、范诗银、林峰、罗辉、高昌、刘庆霖、沈华维、孔祥庚、武砺旺、包岩、张存寿、周达等中华诗词学会领导,蒋定之、江建平、徐崇先、子川等江苏省诗词协会领导,宋彩霞、段维、张金英、郭星明、赵英、马翚、张雷等诗词名家和其他省诗词协会会长,都发来主题诗作。据统计,全国和本地诗友来稿总数 2000 首以上,扬州市诗词协会共编发"纪念红桥修禊,吟咏今日扬州"主题来稿专辑 16 期。本书共收入纪念红桥修禊、吟咏今日扬州诗词作品 600 多首,纪念文章若干篇。书名"绿杨城郭是扬州",为王士禛首次红桥修禊所作《浣溪沙》中之名句。

本书编辑出版得到太白文艺出版社和扬州冶春餐饮公司等支持,在此致谢。由于水平能力所限,书中不当之处请读者指正。

编者

2023 年 12 月

2023扬州红桥雅集现场视频、图片（一）

2023扬州红桥雅集现场视频、图片（二）

扬州市诗词协会公众号二维码